소중한 ______________,

너는 너 스스로가
잊지만 않는다면
언제나 소중한 사람이야.

잊지 말아. 언제나, 영원히.

용기를 잃지 말고
힘내요

당신의 상처를 어루만져 줄 한마디

용기를 잃지 말고 힘내요

김
지
훈

에
세
이

진심의꽃한송이

이 책을.
다시 출간하게 되면서.

많은 출판사로부터 제 첫 번째 책이었던 '용기를 잃지 말고 힘내요'를 다시 출간하여 내자는 제의를 받아왔지만 저는 늘 거절해왔어요. 이유는, 이 책을 쓸 때만큼 저는 이제 순수한 사람이 아니라는 죄책감 때문이었어요. 글을 쓰는 사람은 자신의 글에 대해 책임을 다할 줄 알아야 한다고 생각해요. 나 자신은 이런 사람이 아닌데, 이러한 글을 쓰는 것은 읽는 이들의 마음을 변화시킬만한 진심의 힘을 가지지 못한다고 믿고 있거든요.

하지만 절판이 된 이 책을 어떻게든 소장하기 위해서 독자분들께서 움직이기 시작했어요. 당연히 서점에는 책이 없으니, 전국을 돌아다니며 동네 서점, 중고서점, 골목골목의 책방들, 그 모두를 뒤져서 끝내 책을 구매하신 분들, 또 인터넷 서점에 책이 중고로라도 올라올 때까지 기다리시다가 끝내 구매하신 분들, 그리고 저에게 드디어 작가님의 책을 다 모았다고 자랑하시는 독자분들. 저는 참 행복한 작가네요.

그리고 독자분들의 움직임에 제 마음도 움직이기 시작했어요. 대신, 10년 전에 이 책을 썼던 그 아이의 순수한 마음과 진심을 그대로 담기 위해서 초판 그대로 출간을 하자고 결심했어요. 지금 쓰고 있는 이 프롤로그를 제외한 이 책의 처음부터 끝까지를 10년 전의 책 그대로 남겨두자고. 글이 조금 서툴고 부족해도, 그때의 그 진심만큼은 지금의 제가 담을 수 없는 거니까요. 그리고 그 진심만이 독자분들의 마음에 닿아 예쁜 진심의 꽃 한 송이를 피워낼 수 있을 테니까요.

꼭 이 책이 많은 분들의 마음에 소소한 행복과 따스함을 나누어주리라 믿으며, 저는 여기서 이만 빠지도록 할게요. 이 책에서만큼은 지금의 저보다 10년 전의 저와 독자분들이 더 많은 것을 나누고 공유했으면 좋겠거든요. 뭔가 시간 여행을 떠나는 기분이네요. 그럼, 저는 책의 마지막 페이지에서 다시 인사드릴게요.

모두, 용기를 잃지 말고 힘내요.

- 지금의 지훈이가

목

차/

목

차/

프롤로그

저는 어릴 적부터 키워 온 꿈을 향해 정말 온 힘을 다해 달리던 중 숨을 쉬고 걷는 것조차도 위험할 정도로 건강이 굉장히 나빠져 모든 것을 멈춰야 했어요. 그때는 그것을 받아들이기가 너무 힘들어 하루하루가 무기력해졌고, 이유 없이 흐르는 눈물 때문에 일상생활을 할 수도 없게 되었어요. 살아가는 의미를 잃었고, 다가올 내일이 너무나 무거워서 삶을 포기하고 싶다는 생각을 하게 될 만큼 저는, 그리고 제 마음은 아파했어요. 얼굴은 어두워졌고, 웃음을 잃어버렸어요. 머릿속은 병든 생각들로 가득 찼고, 저라는 사람은 생기를 잃은 채 그렇게 시들어져갔어요. 언제 떨어져도 이상하지 않을 만큼 약하고 시든 꽃잎처럼요.

몸은 숨을 쉬기가 힘들 만큼 아픈데, 병명이 없다니, 그래서 치료를 하지 못한다니, 저는 정말 절망했어요. 이제 곧 제가 죽는다고 생각했고, 또 죽고 싶었어요.

하지만 부모님께서는 저를 포기하지 않으시고 끝까지 기도하시며 저를 치료하기 위해 노력하셨어요. 저와 저의 가족 모두가 눈물과 함께하는 정말 아픈 시간들을 보냈어요. 만약 그때 부모님께서 저를 끝까지 지켜주지 않으셨다면, 용기를 주지 않으셨다면 저는 어떻게 되었을까요.

갖은 노력 끝에, 마침내 저는 지장 없이 조금씩 걸을 수 있을 정도가 되었고, 정신적인 치료를 시작할 수 있었어요. 병원에서는 항우울제를 처방해 주었지만 그 순간, 저는 스스로 이겨내고 싶었어요. 제 아픔의 원인을 치료할 수 있는 건 약이 아니라, 제 마음의 변화라는 생각이 들었거든요. 우울함은 병이 아니라 딛고 일어서야 할 하나의 감정이라는 생각이 들었거든요.

제가 저의 아픔을 이겨내기 위해 선택한 것은, 다른 어떤 것이 아니라 '사랑'이었어요. 저 스스로의 욕심에 아팠던 내 몸과 마음들, 그리고 세상과 사람을 탓하고 원망하느라 화로 얼룩진 내 마음들, 자기 연민에 빠진 채 스스로를 가련한 피해자로 여기며 끊임없이 나 자신을 슬픔 속에 가두어두었던 내 지난 선택들, 그 모든 것을 그럼에도 불구하고 용서하고 사랑하기로 결심한 거예요.

더 이상 세상도, 타인도, 나 자신도 미워하지 않기로, 판단하지 않고 그저 사랑해주기로요. 그리고 저에게 주어진 지금을 무조건적으로 받아들이고 감사하기로, 또 사랑하기로요.

제가 사랑할 수 있는 대상은 멀리 있지 않았어요. 언제나 제 곁에서 저를 지켜주시는 부모님이 계셨기 때문이에요. 저는 부모님께 감사하며 마음속 깊이 사랑하기 위해 노력하기 시작했는데, 그 과정에서 신기하게도 제 마음은 서서히 치유되어 갔어요. 몸도 더욱 건강해져갔어요. 부모님에게 감사했고, 부모님을 볼 때마다 사랑으로 바라보기 위해 노력했을 뿐인데 저는 부모님뿐만이 아니라 온 세상을 사랑하고 있었고, 온 세상에 감사하고 있었어요. 가슴은 전기가 흐르는 듯 찌릿찌릿했고, 그 찌릿찌릿함이 온몸으로 퍼져나갔어요. 여태 흘려본 적이 없었던 뜨거운 눈물이 계속해서 흘러내렸어요. 세상이 너무나 사랑스럽고 내가 살아있다는 기적이 너무나 벅차고 고마워서 뜨겁다 못해 황홀할 만큼 심장이 뛰어보신 적이 있나요. 눈물을 흘려보신 적이 있나요. 그 조건 없는 행복을 어떤 행복과 비교할 수 있을까요!

덕분에 그 무엇도 치유하지 못한 나를 치유할 수 있는 것은 사랑이라는 것을 깨달았어요. 그리고 제가 느낀 이 사랑과 행복을 저와 같이 아픈 시간들을 보내고 계시는 다른 분들과도 나누고 싶었어요. 그리고 힘과 용기를 전해주고 싶었어요. 그래서 책을 쓰고자 마음먹게 되었어요. 바쁜 와중에 따로 시간을 내지 않고도 누구나 편안하게 읽을 만한, 그리고 무엇보다 진심을 느낄 수 있는 책을요. 무엇보다, 꼭 책을 읽고 진정한 사랑과 행복에 대해 한 번쯤 생각해볼 수 있는, 그리고 책을 통해 그 사랑과 행복을 한 번쯤 가슴으로 느껴볼 수 있었으면 좋겠다는 마음을 다해 썼어요.

그래서 사랑과 사랑이 아닌 것들 그리고 행복해질 수 있는 방법과 나를 불행하게 만드는 것들에 대해 썼어요. 하지만 제가 목표한 글을 쓴다는 것이 쉬운 일은 아니었어요. 특히 제가 '시'라는 장르로 글을 쓰긴 했지만, 문학적인 면에서 시의 범주에 들지 않을 수 있다는 점 때문에 고민에 고민을 거듭해야 했어요. 하지만 돌이켜보면 그게 오히려 좀 더 공감대를 높여준 것이 아닌가 생각해요.

-

이 책을 읽으시려는 분들께

한 가지 이야기를 전하고 싶어요.

사랑해요.

/

사랑하되,

무엇보다 나 자신을 위해 진정한 사랑을 해요.

흔히들 말하는 '시간이 약'이라는 말은

사실 절반은 틀렸다고 생각해요.

마음이 바뀌지 않는 한, 어떤 일에 상처받은 마음은

시간이 지나 아물어도 결국 또 다른 일로 아파할 수밖에 없어요.

/

그래서 진정한 마음의 치유를 위해 필요한 것은 바로 '사랑'이에요. 그러니 나를 위해 사랑해요. 사랑이야말로 우리가 실은 하나라는 진실에 점점 다가가게 해주니까요. 그 사랑이, 내가 더 이상 아프지 않을 수 있게 나를 지켜줄 테니까요.

사랑에 대해 서서히 알아가면서 한 번쯤 사랑해보고 싶은 생각이 들도록 제 진심을 담아 썼으니, 이 책을 읽은 모두의 마음에 많은 변화가 있길 기도하고, 또 그렇게 믿어요.

모두 용기를 잃지 말고 힘내요!

— 용기를 잃지 말고 힘내요!

- 2010. 12월의 지훈이가.

웃어요

지금 이 시를 읽고 계신 분들
^.^ 이렇게 한 번 웃어요

이 시집을 펼칠 때마다
이 시를 읽으며 활짝 웃어요

억지로라도 웃다 보면
아픔 앞에서도, 시련 앞에서도
조금 더 강해지겠죠?

그러니 ^.^ 이렇게,
이렇게 활짝 웃어요

왜 미처 몰랐을까

왜 미처 몰랐을까
성숙이란 세상에 인정받기 위한 도구가 아닌
사랑하는데 있어 장애가 되는 것들을
하나둘 내려놓는 것임을

왜 미처 몰랐을까
나의 잣대로 사람들을 판단하고 비난하기보다는
오히려 이해하고 용서해야 하는 것임을
사실 세상엔 용서할 것이 하나도 없었음을

왜 미처 몰랐을까
나의 소유물은 허영을 채우는 도구가 아니라
감사를 통해
따뜻한 나눔으로 나아가는 것임을

왜 미처 몰랐을까
세상에 내가 배울 것이란
수학 공식도, 영어 단어도 아닌
사랑이라는 두 글자였음을

왜 미처 몰랐을까
조건 속에서 내게 오는 행복은
일시적인 환상에 불과하다는 것을
진정한 행복이란 어떤 원인도
이유도, 조건도 동반하지 않는 것임을

성숙은 이해를, 이해는 용서를 낳는다는 것을
감사는 나눔을, 나눔은 풍요를 가져다준다는 것을
사랑은 나를 이유 없이 행복하게 한다는 것을

나는 왜 미처 몰랐을까

이것 또한 지나가리라

세상이 지치고 힘들 때
용기를 잃지 마요
이 말을 가슴에 새겨둬요
'이것 또한 지나가리라'

세상의 중심에서 성공했을 때
자만하지 마요
이 말을 가슴에 새겨둬요
'이것 또한 지나가리라'

슬픔이 몰려와도 괜찮아요
죽을 만큼 힘들어도 괜찮아요
모두, 모두 지나갈 테니…

세속적인 가치에 탐닉하지 마요
그것들은 진실로 말하지만
당신을 행복하게 해줄 힘이 없어요

모든 것이 지나가고 세월이 바뀔 때
우리가 가질 수 있는 유일한 것은
오직 성숙뿐인 걸요

그러니 명심해요
'이것 또한 지나가리라'

괜찮아요

아파도 괜찮아요
시간이 조금 지나면
그만큼 더
강한 내가 되어있을 테니까요
그러니 너무 낙심하지 마요
오히려 아픔을 환영하고 축복해요
아픔 앞에서 미소 짓는 것은
강인함의 촉매가 되어
우리를 더욱 빠르게
더욱 굳건히 만들어줄 테니까요
강해지는 만큼
우리의 사랑 또한 강해질 테니까요

알아둬요
사랑은 세상에서 가장 유연하고 부드럽고
동시에 가장 따뜻하고 평화로워요
하지만
세상에서 가장 강해요
한 명은 지고 한 명은 이기는
승부의 세계와는 달리
모두가 이기는 가장 강한
무기이니까요
그러니 아픔을 축복하고 사랑해서
더욱 강한 사랑 앞으로 나아가요

아픔 앞에서 미소 짓는 것은
지금 나에게 주어진 일들을
있는 그대로 받아들이겠다는 마음이니까요
지금을 온전히 받아들이고
꿋꿋이 딛고 일어서겠다는 의지니까요
그러니 지금의 이 아픔 안에
분명 나를 위한 이유가 있다는 걸 알고
우리, 미소와 함께 나아가요
아픔과 함께 더욱 성숙한 내가 되어요

나를 먼저 용서하고 사랑해요/

혹시 지금 못난 자신에 대해 비난하고 있다면
그때 이렇게 했어야만 했어, 라고 후회하고 있다면
'그때는 그렇게밖에 할 수 없었잖아'라고 위로해요
어쩌면 지금 내게 가장 필요한 것은
남들에게 사랑받는 것도, 주는 것도 아닌
나를 위로하고 사랑하는 것일지도 몰라요
나를 사랑할 줄 아는 사람만이
남들에게 사랑을 베풀 수 있으니까요

그러니 나에게 말해요

너를 힘들게 해서 미안해

용서해줘

나는 너를 너무 사랑한단다

이렇게

성숙은 비난과 자책이 아닌

긍정과 사랑의 문을 두드릴 때

저절로 문이 열리며 드러나는 빛이니까요

그러니 나를 먼저 용서하고 사랑해요

나의 행복은 우리의 행복/

내가 풍족하고 행복했을 때
남들은 나를 보며 미소 지었다

하지만
내가 불행하고 아파할 때에
남들은 나를 보며 인상을 찌푸렸다

행복은 나누려고 노력하는 것이 아니다
행복은 내가 행복할 때에 저절로,
저절로 남들에게 돌아가는 따스함이다

내가 아프면 내 주변의 모든 것이
함께 아팠고

내가 기쁘면 내 주변의 모든 것이
함께 기뻤다

나는 지금 억지로 기쁘고 행복하다
그래서 내 주변 또한 기쁘고 행복하다

그러다 보니
나 또한 기쁘고 행복하다

고통아 고마워

고통을 원망하지 마요
고통으로 인해 우리가
행복을 찾게 되었잖아요
그러니 고통에게 감사해요
고통을 사랑해요
그때 우리의 고통은
짠, 하고
말끔히 치유될 테니까요

고통아 고마워 그리고 사랑해

뿌린 대로 거둬요

나를 화나게 하는 사람을 용서해요
용서하면서 용서를 받는 사람은
바로 나 자신이니까요

누군가 잘못을 저지르고 있다고
그를 비난하지 마요. 또 미워하지 마요

그가 저지른 잘못 또한 그에게
고스란히 돌아갈 테니까요

그러니 그를 불쌍히 여겨요
자멸하는 그를 용서하고
사랑으로 따스하게 안아줘요

그래야 그가 행복해질 테니까요
그래야 그가 자멸하지 않을 테니까요

/

혹시 알아요?

그가 사랑이 모자라서 그러고 있었는지

그의 잘못을 용서하고, 사랑으로 덮어 준다면

그는 스스로 뉘우칠 거예요

용서를 뿌리면 용서를 거두고

사랑을 뿌리면 사랑을 거둘 테니까요

다만, 내가 몰랐을 뿐

행복을 찾아 나섰을 때
그때는 몰랐다
행복은 이미 내 안에 있다는 것을
찾으면 찾을수록 멀어진다는 것을
이미 나는 너무 행복하니까
다만, 내가 몰랐을 뿐

사랑을 구하러 나섰을 때
그때는 몰랐다
사랑은 이미 내 곁에 넘쳐흐른다는 것을
구하면 구할수록 멀어진다는 것을
이미 나는 사랑받고 있었으니까
다만, 내가 몰랐을 뿐

용서하기 위해 노력할 때
그때는 몰랐다
세상에 용서받을 사람은 없다는 것을
용서하려면 용서하기 위해
누군가를 미워해야 한다는 것을
다만, 내가 몰랐을 뿐

행복을 찾는 것 자체가 불행하다는 가정이고
사랑을 구하는 것 자체가 사랑받지 못한다는 가정이고
용서하려 노력하는 것 자체가 미워한다는 가정이었음을

다만, 내가 몰랐을 뿐이다

사랑은 하나 되는 것/

사랑은 둘로 나뉘는 것이 아닌
하나로 모이는 거예요

우리는 대개 사랑을 하며
갈등하고, 싸우고, 미워하고
상처받고 돌아서잖아요

진정한 사랑은
이해하고, 포용하고, 안아주며
웃으며 환영하는 거예요

사랑한다면서
상대방을 아프게 만드는 건
그 사람을 사랑하는 게 아니라
내 욕심과 기대를 사랑하는 거예요

그러니 사랑한다면
내가 사랑하는 사람이 나와 함께할 때
행복한 시간이 많아지게 해주세요

나와 함께하는 시간 동안
속상한 마음 움켜잡으며
아파하게 내버려두지 마요

상대방의 아픔이
내 아픔이라 여기고
상대방의 행복이
내 기쁨이라 여겨요

사랑은 서로 다른 둘이 만나
하나가 되어가는 과정이니까요
진정 하나라면
주는 것이 받는 것이니까요

하지만 이렇게 사랑한다는 것이
절대 쉬운 일은 아니에요
그래서 그렇지 못한 나에게 실망하기보다
그렇게 되기 위해 노력하는 것이 중요해요

어쩌면 어려운 것이 당연하기에
그래서 하나가 되는 사랑을 하는 노력이
더욱 아름답게 빛나기에

/

시작은 둘이었지만
끝에 하나로 모아지면 되는 것이니
노력 자체가 이미 사랑이니
노력 자체가 이미 둘을
하나로 연결해주고 있으니까요

말이 아닌 마음으로 하는 칭찬

말로써 칭찬하지 마요
그것은 우리의 사심을 채우기 위해
아첨하게 만드는 도구가 될 수 있으니까요

말로써 칭찬하지 마요
그것은 듣는 이를
자만과 교만의 늪으로 빠트릴 수 있으니까요

그러니 칭찬은 마음으로 해요
얼굴에는 따뜻한 미소를 지으며
마음속으로 칭찬을 해요

미소와 함께 마음으로 하는 칭찬은
칭찬하는 사람에게는 사심 없이
그 사람의 좋은 면을 보게 해주니까요

미소와 함께 마음으로 하는 칭찬은
칭찬받는 이에게는
오히려 겸손을 배울 수 있게 해주니까요

주는 이에게는 사랑을
받는 이에게는 겸손함을
모두에게는 따뜻한 기쁨을 가져다주니까요

티끌보다 겸손하게

티끌보다 겸손하게
점점 더 겸손하게
이기심을 극복하고
삶을 헌신하자

언젠가 누군가가
내게 삶에 만족하냐고 묻는다면
말이 아닌, 모든 것을 다 가진 듯
행복 넘치는 미소로 답할 수 있도록
겸손하자

행복은 욕망분의 만족
겸손함을 통해
만족을 많이, 훨씬 많이 해서
점점 더 행복하자

그러니 나에게 겸손하고
타인에게 겸손하자
우월감으로 나의 욕망이 채워지지 않도록
언제나 겸손하게 그 누구보다 나를 낮추자

누구든 내게 가장 편안하게
무언가를 부탁할 수 있도록
그리고 그 부탁을 내가
기꺼이 들어줄 수 있도록

남에게도 나에게도
항상 겸손하자

오늘의 나, 내일의 나

오늘의 목표는 뭔가요?
만약 그 목표를 내일로 미룰 건가요?
그렇다면 짠, 하고 오늘의 일을
내일로 미루는 당신이 창조돼요
어제의 내가 어떠했느냐가
오늘의 나를 결정하듯
오늘의 내가 어떠했느냐는
내일의 나를 결정하거든요
그러니 바뀌고 싶다면
내일로 미루지 마요
그렇게 미루고 싶다면
걱정을
짜증을
불평과 불만을
허기진 마음을
내일로 미루세요

그럼 내일도 이것들을 짠, 하고

내일로 미루는 내가 창조될 테니까요

따뜻한 말 한마디

따뜻한 말 한마디로
당신의 하루를 시작해 봐요
그 말을 들은 사람이
기분 좋은 하루를 시작할 수 있도록

힘들어하는 사람이 있다면
따뜻한 말 한마디를 전해줘요
그 말은 그 사람의 운명도 바꿀 만한
강력한 힘을 가지고 있으니까요

우리
용기를 잃지 말고 힘내요
진심 가득히 말할게요
용기를, 잃지, 말고, 힘, 내, 요

나 자신에게도 마찬가지예요
진심을 다해 자신을 응원해주세요

마음속으로 이렇게 외쳐봐요

'용기를 잃지 말고, 힘내자!

아자 아자 화이팅!'

그러면 정말 힘이 나거든요

화낼 일도 없잖아요

누구보다 겸손하면
화낼 일도 없잖아요
나라는 존재는 아무것도 아닌걸요

삶을 선물로 여기면
화낼 일도 없잖아요
감사하는 것만으로도 벅찬걸요

마음이 풍족하면
화낼 일도 없잖아요
이미 다 가지고 있는 걸요

겸손한 사람은
허리를 굽혀 아래를 섬기기에
위를 볼 시간이 없으니까요

/

삶을 선물로 여기는 사람은
과일 깎는 일마저도 선물로 여기기에
모든 일에 즐겁게 헌신하니까요

마음이 풍족한 사람은
이미 모든 것을 다 가지고 있기에
있는 그대로도 완벽하니까요

그러니 화낼 일도 없잖아요

상처받지 마요

누군가 우리가 태어날 때부터
지녀온 무언가를 나무란다고
상처받지 마요. 미워하지도 마요

그들의 나무람에도 우리는
여전히 완벽하고 아름다우니까요
그러니 상처받지 마요

누군가 우리를 알아주지 않는다고
우리의 존재가 작아지는 것도 아니니까요
그러니 미워하지도 마요

하늘에 떠 있는 태양을 봐요
눈이 부셔 쳐다보지도 못할 만큼 빛나고 있는
저 태양에도 가끔은 구름이 끼는 걸요

하지만 그 구름이 꼈다고
태양이 작아졌나요?
그렇지 않잖아요

너무나도 완벽하고 아름다운
우리를 누군가 나무란다고 해서
우리는 작아지지 않아요

다만, 우리의 마음이 작아질 뿐
그러니 상처받지 말고 미워하지도 마요
그저 작아진 마음에 용서를 빌어주세요

마음아 널 작아지게 만들어서 미안해
누가 뭐라고 하건 너는 완벽한데
내가 그걸 몰랐어. 정말 미안해

앞으로는 너를 더욱 사랑해줄게
고마워

복수하지 마요/

진정 이기고 싶다면
상대방이 당신에게 상처주었다고
복수하지 마요

오히려 상처를 준 상대방을 용서하고 사랑해요
복수는 무언가를 이길 힘이 없어요
단지, 상처만을 더 크게 만들 뿐

하지만 누군가가 미울 때 용서하고 사랑하면
그 누군가는 당신에게 포용될 거예요
그게 진정한 승리인 걸요

만약 당신이 복수를 시도했다면
그리고 그 복수가 성공적이라면
그 상대는 그만큼 상처받았을 거예요

그리고 그 상처를 또다시
당신에게 복수하려 할 거예요
그래서 당신은 이길 수 없어요

복수는 끝이 없으니까요
어느 한쪽이 용서하고 사랑하기 전까지
서로가 서로를 끊임없이 미워할 테니까요

그러니 당신이 먼저 용서하고 사랑해요

이기심이 이타심으로 변할 때

나를 위한 것보다 남을 위한 것이
사실은 손해가 아니라
더 이익이라는 사실을 알게 될 때

그때 우리의 이기심은 더 큰 이익을 얻기 위해
누군가에게 헌신할 기회를 놓치지 않을 거예요
배려하고 양보할 기회를 놓치려 하지 않을 거예요

그때 이기심은 스스로 자멸할 거예요
아니, 이타심으로 스스로를 변화시킬 거예요

누군가를 용서하고 사랑하는 것이
손해를 감수하고라도 양보하고 헌신하는 것이
정말 손해라고 여기세요?

그렇다면 이기심은 이익을 얻기 위해
남들을 더욱 이용하려 하고
자신을 위해서 더욱 강해질 거예요

세상에 가장 큰 이득은 행복이 아닐까요?
이기심과 이타심, 여러분의 선택은 무엇인가요?

고마워 사랑해

일본의 마사루 이모토 박사의
물 결정 사진 연구에 따르면

물은 4대 원소 중 수용성이 가장 뛰어나고
또한 비물리적 현상에 반응한대요

그래서 암시야 현미경으로 물 결정 사진을 찍었을 때
생각이나 의도가 물 결정을 변화시킨다고 해요

그거 아세요?
우리의 몸은 70% 이상이 물로 이루어져 있다는 것

물에게 고마워, 사랑해라는 말을 했을 때
물 결정조차도 그토록 아름답게 변하는데

우리 스스로에게 고마워, 사랑해라는 말을
한다면 우리는 얼마나 아름다워질까요?

만약 불평한다면
우리는 얼마나 못나질까요?

불평이 생길 때 그것을 받아주지 말고
성숙할 기회로 여기면 어떨까요?

불평이 생길 때마다 스스로에게 말해줘요
고마워, 사랑해

부드럽게 어루만져 주듯 말해줘요
고마워, 사랑해

벌써부터 행복해질 것만 같아
가슴이 설레지 않나요?

그러니 스스로에게 말해줘요
고마워, 사랑해

인생을 살아갈 때 취하는 3단계/

인생을 살아가는 데엔 3가지 단계가 있다고 해요

첫째, 무엇을 가지고 있는지에 집착하는 단계
둘째, 자신이 무엇을 하고 있는지에 집착하는 단계
셋째, 자신이 어떤 사람이 되어가는지에 집착하는 단계

여러분이 지금 머물고 있는 곳은 어떤 단계인가요?

혹시 무엇을 가지고 있는지, 무엇을 하고 있는지에
너무 집착한 나머지 어떤 사람이 되어가는지에 대해선
너무 소홀하지 않았나요?

너무 소홀했는데, 라는 후회가 조금은 생긴다면
축하해요. 후회하고 있는데 웬 축하냐고요?
지금 세 번째 단계의 고민을 하고 있잖아요!

지금, 이것이 아닌 저것을 가졌어야 했어
나는 지금 이것이 아닌 저것을 하고 있어야 했어
이런 후회보단

나는 그때 조금 더 친절했어야 했어
나는 그때 조금 더 감사하고 사랑했어야 했어
이런 후회를 해보는 것은 어떨까요?

있는 그대로 사랑해요

있는 그대로 사랑해요
내가 누군가를 있는 그대로
사랑하지 않는다면
그 누군가는 상처받을 테니까요

지워지지 않을 상처를
가슴에 품은 채 자신을 바꾸기 위해
여태껏 지녀온 습관을
눈물과 함께 바꿔야 할 테니까요

누군가가 못났다고
태어날 때부터 가진 외모와 천성이
나의 마음에 들지 않는다고 나무라지 마요
그때, 당신의 마음은 더 못나질 테니까요

언젠가 태어날 때부터 지녀온 무언가를
실수로라도 당신 앞에서 보이게 될까 봐
걱정하며 눈치 보게 될 그들의 마음을 알게 된다면
당신의 심장 또한 멎을 만큼 아플 테니까요

사실 바뀌어야 할 것은
지금도 너무나 아름답고 완벽한 그들이 아니라
그들의 아름다움을 보지 못하는
당신의 마음뿐이라는 것을

"그러니 있는 그대로 사랑해요"

세상을 사랑으로

세상을 사랑으로 정복해요
사랑은 칼 없는 무기이지만
그 어떤 무기보다 강하니까요

세상을 무기로 정복하는 사람은
세상에 속해 있지만
사랑으로 정복하는 사람은
세상을 넘어서는 사람이니까요

악은 악을 정복할 수 없어요
정복해봐야 그대로 악이니까요
하지만 사랑은 달라요
사랑은 악을 용해시키니까요

사람은 사랑을 받기 위해
사랑을 나누기 위해 태어났다는 것을
모든 사람이 알 수 있도록
사랑해요 또 사랑해요

온 세상이 사랑으로 가득 찰 그때가
세상이 사랑으로 정복될 때예요
그때는 어떤 악도 분리도 싸움도 없이
영원한 기쁨만이 존재할 테니까요

그 기쁨의 시작을 당신이 열어봐요

화는 어린아이 같아요

화는 어린아이 같아요
그러니 잘 달래주세요
화는
사랑받고 싶다는 어린아이의
투정이니까요

그러니 다그치지 마요
이렇게 말해주세요
아이야 사랑해

화는 어린아이 같아요
그러니 잘 달래주세요
화는
사랑받고 싶다는 어린아이의
투정이니까요

그러니 다그치지 마요
이렇게 마음속으로 말해줘요
사랑해요

그리고 세상을 바라보세요
많은 사람이 투정을 부리고 있네요
'응애응애, 내 마음대로 할래!
그게 안 되면 울면서 떼쓸 거야'

어때요?
아이처럼 사랑스럽지 않나요?
그러니 웃으며 아이 같은 모든 이들을
사랑으로 보듬어주세요

생각하지 마요

생각하지 마요
지금은 길을 걷고 있잖아요
걸음걸음 발걸음 소리를 들어봐요

생각하지 마요
지금은 밥을 먹고 있잖아요
맛있는 반찬을 음미해 봐요

생각하지 마요
지금은 산을 바라보고 있잖아요
자연의 운치를 감상해 봐요

생각하지 마요
지금은 친구의 이야기를 들어주고 있잖아요
마음으로 들어줘요

생각하지 마요

중요한 건 많이 생각하는 것이 아니라
세상을 진심으로 살아가는 것이고
많이 사랑하는 것이니까요

행복은1

우리는 이미 행복해요
뭐라고요? 행복하지 않다고요?
그렇지 않아요

이미 너무 행복한데
부정적인 마음이 당신을 삼켜
드러나지 않았을 뿐이에요

그러니 행복을 찾으려고 하지 말고
부정적인 마음을 하나둘 벗겨내세요
그때 행복은 저절로 드러나는 것이니까요

우리는 지금도 무한히 행복한 걸요
단, 행복을 방해하는 것들이 얼마나 많냐에 따라
그것을 알고 모르고가 결정되는 것일 뿐

그러니 항상 지금 이 순간
행복하면 되는 거예요

행복은 과거도, 미래도 아닌
지금 이 순간에 존재하니까요

우리가 지금 이 순간에 감사할 때
지금 이 순간을 더 이상 미워하지 않고 받아들일 때
우리는 바로 지금 이 순간에
이미 행복한 사람일 수 있는 것이니까요

결국 우리의 행복을 결정하는 것은
지금 우리가 가진 마음이니
지금 이 순간을 받아들이고 감사하겠다고 마음먹어요
고마워요 고마워요 감사해요 감사해요

그렇게 지금 행복해요

그러니 후회에 감사해 봐요

후회란 성숙의 증거예요
그러니 그땐 왜 그것밖에 못했을까
자책하지 마요

다시 그 순간으로 돌아가도 우리는
그 선택을 했을 테니까요

매 순간 우리는 우리가 할 수 있는
최선을 다하며 살아왔어요

그러니 후회는
그만큼 성숙했다는 증거예요

지금이라면 그때처럼 행동하지 않을 텐데
라는 말 뒤에는

왜냐면 지금은 그때보다 훨씬 성숙했으니
가 숨겨진 것이니까요

그러니 후회가 일어나는 순간
후회에 아파하고 괴로워하기보다

자신의 성숙에 감사해 봐요
후회에도 감사해 봐요

장애라는 환상

어느날, 하나님께 물었어요
“하나님, 당신이 우리 인간을 사랑하신다면
왜 고통을 창조하신 건가요?
그것이 벌을 받는 것이라면
왜 죄를 짓지 않은 순수한 아기들이
장애를 가지고 태어나게 하신 건가요?”

하나님이 웃으며 대답해주셨어요

"그 아이들은 장애를 가진 것이 아니다
다만, 너희가 그 아이들이 장애를 가지고 있다고
생각하는 것일 뿐
그 아이들이 앞으로 힘들어할 이유가 바로 그것이다
너희가 앞으로 그 아이들을 너희보다 부족하게 여기는 것
하지만 그 아이들은 부족하지 않다
이미 완벽하고, 이미 빛이 나는 존재다
다만, 너희가 그것을 보지 못하는 것일 뿐
나는 장애를 창조하지 않았다
이미 완전한 사람을 장애가 있다고 여기는
장애를 창조하는 것은
내가 아니라 바로 너희다."

한 번쯤은 아래를

대개 사람들은 위만을 보고
세상을 달려가요

돈, 명예, 성공 등 어떤 것들을
얻기 위해 위를 향해 가요

하지만 겸손한 이들은
무언가를 얻으려 하지 않아요

그저 자신이 가진 것들을
나눌 뿐이에요

행복, 사랑, 감사, 미소 등

그러니 위를 볼 시간이 없어요
항상 아래를 보며 헌신하니까요

그러니 우리도 한 번쯤은 아래를 보며
행복을, 사랑을, 감사를, 미소를 나눠봐요

행복은 우리가 가지고 있지 않은 것을
바라보고 원하는 것이 아니라

우리가 이미 가지고 있는 것을
바라보고 그것에 감사하는 것이니까요
그리고 그것을 나누는 것이니까요

그러니 우리가 이미 가지고 있는 것들에 감사해 봐요
그것들을 나눠봐요

세상의 것을 나눌 때 우리가 가진 것은 줄어들지만
우리가 이미 가진 것을 나눌 때
우리는 오히려 더 풍족해져요

행복을 나눌수록 더 큰 행복이 돌아오고
사랑을 나눌수록 더 큰 사랑이 돌아오는 걸요

그러니 행복을, 사랑을, 감사를, 미소를 나눠봐요

이미 가지고 있었지만
내가 가지고 있었다는 것조차 모르고 있었던
그 마음들을 나누며 행복해요

끊임없이 나누며 더욱 부자가 되어요

결과보단 과정이/

결과보단 과정이 중요해요

'과정이 뭐가 중요해
결국엔 결과가 무엇이든 결정하는데'
이렇게 생각하신다면
제가 만든 이야기를 한번 들어봐 주실래요?

밤이면 밤마다 곡식을 나르는 형제가 있어요
그런데, 형제는 모두 곡식이 줄어들지가 않아
이상하게 생각하여, 다음날에는 더 많은
곡식들을 나르기 시작했어요
하지만 곡식의 양은 그대로였죠

그러던 어느 날
두 형제는 밤에 달려가다가
꽝! 하고 머리를 박았어요
그제야 형제들은 웃으며
서로가 서로를 위해 곡식을 날라다 주었다는
사실에 서로 부둥켜안고 기뻐하죠

밤이면 밤마다 곡식을 나르는 형제가 있어요
그런데, 형제는 모두 곡식이 늘어나지가 않아
이상하게 생각하여, 다음날에는 더 많은
곡식들을 나르기 시작했어요
하지만 곡식의 양은 그대로였죠

그러던 어느 날
두 형제는 밤에 달려가다가
꽝! 하고 머리를 박았어요
그제야 형제들은 화를 내며
서로가 서로의 곡식을 훔쳐 갔다는
사실에 서로 멱살을 잡으며 화를 내기 시작하죠

결과적으로 모두의 곡식의 양은 똑같았어요
하지만, 과정이 달랐는데 어때요?
아직도 결과가 중요하다고 생각하세요?

과정을 조금 더 비겁하게, 비열하게 계획하여
결과를 더 좋게 만들 수는 있어요
하지만 그런 과정이었다면 성숙할 수 없어요

아주 적은 돈 또는 명예 같은 물질적인 것을 위해
당신의 고결함을, 성숙할 기회를 상실하지 마요
인생이라는 큰 과정은
그런 작은 과정들 하나하나가 모인 결과이니까요

그러니 눈에 보이는 너무나 작고
가치 없는 것들을 위해
인생의 마지막에 누워있을 때 알게 되는
그런 소중한 것들을 놓치지 마요

무엇보다 인생에서는
결과보다는 과정이 중요한 것이니까요

진정 당신을 행복하게 해주고
당신의 삶을 아름답게 만들어주는 것은
바로 결과가 아니라 과정이니까요

내면으로/

결핍감을 해소하기 위해
어떤 물질적인 것들에게 기대지 마요
그것에게 기대어도 만족할 수 없어요
만족한다고 해도, 당신은 더 많은 것들을
필요로 하게 될 테니까요

어디엔가 불만족을 느낀다면
자신의 내면으로 들어가세요
내면으로 들어가지 않으면
결국 외면에서 겉돌게 될 뿐이에요

물질적인 것들은 우리가 가지고 있는 것이지만
의식적으로 들여다본다면
사실 물질들이 우리를 가지고 논다는 것을
알게 될지도 몰라요

우리가 그것들의 주인이 아니라
그것들이 우리의 주인이 되어 버린 것이죠

물질적인 것들은 우리를 풍요롭게 해줘요
하지만 그것이
내면의 결핍감을 해소하기 위한 하나의 도구였다면
그것은 우리를
오히려 가난하게, 더욱더 가난하게 만들어요

그러니 우리는 그것들을 즐기되, 탐닉하진 마요
그렇게 되도록 노력해 봐요
내가 가지지 않은 것에 욕심내기보다
내가 이미 가진 것에 감사함으로써요

이기게 해줘요

지금 서로의 의견이 달라 논쟁하고 있다면
상대방이 이기게 해줘요

지금 무엇을 먹을지에 대한 의견이 다르다면
상대방이 이기게 해줘요

지금 어디로 놀러갈지에 대한 의견이 다르다면
상대방이 이기게 해줘요

지금 서로의 기억이 옳다고 주장한다면
상대방이 이기게 해줘요

지는 게 이기는 거잖아요. 그러니 승리를 양보해요
작아짐으로써 커지는 걸요. 한 번만 작아져봐요

상대방을 경쟁자로 여기는 것을 그만두고
상대방의 기쁨과 승리를 자신의 행복으로 여겨봐요

지금 무언가에 대해 의견이 달라 고민하고 있다면
고민하지 말고, 상대방을 이기게 해주세요

자신의 욕구를 상대방을 위해 기꺼이 내려놓고
이기게 해주는 것이야말로 최선의 배려이자 헌신이니까요
그 선물을, 성장할 기회를 놓치지 마요

그러니 겸손함으로 양보해 봐요
그렇게 작아짐으로써 더욱 큰 내가 될 때
무엇보다 우린 행복을 얻을 수 있으니까요

주는 대로 받는 걸요

존경받고 싶다면 먼저 존경해요
주는 대로 받는 걸요

사랑받고 싶다면 먼저 사랑해요
주는 대로 받는 걸요

풍요로워지고 싶다면 먼저 베풀어요
주는 대로 받는 걸요

상대방이 친절하길 원한다면 먼저 미소 지어요
주는 대로 받는 걸요

판단 받고 싶지 않다면 먼저 판단을 멈추세요
주는 대로 받는 걸요

그러니 누군가를 미워하지 마요
오히려 용서하고 사랑해요

누군가에게 주는 것이 곧 내게 주는 것이니까요

문제를 극복하기 위한 간단한 원리

범죄나 사회의 문제점에 대한 관심을
세상에 아름다운 미소를 가진
이들에게로 돌려보면 어떨까요?

우리는 문제점을 해결하기 위해
문제점에 관심을 가지지만
세상은 도무지 바뀌지 않잖아요

하지만 사랑에 관심을 기울이고
그것을 알린다면 문제도 해결되고
세상도 자연히 바뀔 거예요

무슨 원리냐고요?

사랑, 감사, 조화, 겸손, 행복, 따스함, 미소, 자비, 즐거움, 만족, 용기, 용서, 연민, 배려, 이타심, 행복
이 단어들은 읽기만 해도 우리의 마음을 편하게 해주고

이기, 혐오, 집착, 미움, 증오, 분리, 싸움, 분노, 욕심, 자만, 오만, 냉정, 무관심, 두려움, 불안함, 걱정, 경쟁심, 질투심, 불만족, 불평
이 단어들은 읽기만 해도 마음이 불편해지잖아요

우리를 불편하게 만드는 것을 해결하기 위해
또 그것을 선택한다면
어차피 우리는 불편한 상태에 머물 거예요

그러니 그것들을 해결하기 위해
우리를 편하게 하는 것들을 선택해요
조금 어렵나요?

싸움을 미워하면 극복할 수 없어요
마음이 불편한 것들의 집합이니까요
그것은 더 큰 싸움을 불러올 뿐이에요

우리는 싸움을 극복하기 위해
사랑하고 미소 지으며
자비를 베풀며 용서하는 것을 선택해요

불편한 것은 편한 것 속에서
그대로 용해될 테니까요

그들이 왜 잘 되는 줄 아세요?

사람은 모두 에너지로 이루어져 있다고 해요
마음이 넓고 따스한 사람들
그들이 왜 잘 되는 줄 아세요?

그들은 사람들을 포용할 줄 알아요
그들은 누군가를 적으로 만들기보단
이해하고 따스하게 배려해줘요

그러니 그 사람은 어딜 가나 응원 받고
잘 되길 기원 받아요
그 마음이 에너지가 되어 그에게 쌓이는 거예요

혹시 지금 하고 있는 일이 잘 안 되나요?
그럼 잘 생각해 봐요
혹시 누군가에게 미움받을 만한 일을 했는지

어떤 사람이 당신이 잘 안 되길 기원하거나
당신을 원망하고 있다면
그 에너지 또한 당신에게 쌓이는 걸요

무언가 잘 되길 원한다면,
노력에 앞서, 기도에 앞서
싸웠던, 응어리진 누군가에게 다가가
용서를 빌고 손을 먼저 내밀어요

그리고 따스하게 대해줘요
상대방이 당신을 응원할 수 있도록

/

잘되고 싶으신가요?

남들에게 축복받고, 응원받을 수 있도록
남들을 축복하고 응원해주세요

항상 좋은 마음, 좋은 생각을 하도록 노력해요
그러면 자연히 당신에게도
좋은 마음, 좋은 생각들이 따를 테니까요

그 마음들이 차곡차곡 쌓여
당신의 에너지를, 인생을 바꿔줄 테니까요

지금 당신 주변의 누군가가 지쳐 힘들어한다면

지금 당신 주변의 누군가가 지쳐 힘들어한다면
응원해주세요. 위로해주고 격려해주세요
마음을 가득 담아서요

모든 마음은 창조력을 가진대요
그러니 마음을 가득 담은 생각의 위력은
아마 그 사람을 행복하게 하기에 충분할 거예요

지금 당신 주변의 누군가가 지쳐 힘들어한다면
미소 지으며 말없이 한 번 안아주세요
마음을 가득 담아서요

모든 사람은 따뜻한 피부와 접촉할 때
마음이 편안해진대요
아마 그 사람을 행복하게 하기에 충분할 거예요

지금 당신 주변의 누군가가 지쳐 힘들어한다면
그것을 나약으로 정의하며 무시하지 마요
그저 사랑해주고, 지켜봐주세요

정말 힘들어하는 그의 아픔이 당신의 눈에는
나약함으로 보일 수 있어요
하지만 그 시선은 그를 더욱 힘들게 할 거예요

그의 아픔을 이용해 '내가 더 강해'라는
한순간의 우월감을 채우지도 마요
차라리 그를 내버려 두세요

가장 사람을 나쁘게 만드는 것은
다른 사람의 아픔을 이용해 자신의 정체성을
더 크게, 더 높게 만들려는 시도예요

진심으로 사랑하신다면, 강해지지 마요
강해지려는 욕구를 내려놓고
그저 마음을 가득 담아 위로하고 안아줘요

스위치 ON/

사랑은 이미 우리 안에 있어요
하지만 마음의 등불이 희미해
보이지 않을 뿐
그러니 먼저 등불로
당신의 마음을 환히 비추어요
어두운 생각들을
정복하려 하지 마요
그저 등불을 켜고
환히 밝히세요
어둠은 정복하려 할 때
더욱 어두워지니까요
그저 빛을 비추면 사라지는 것이
어둠이니까요

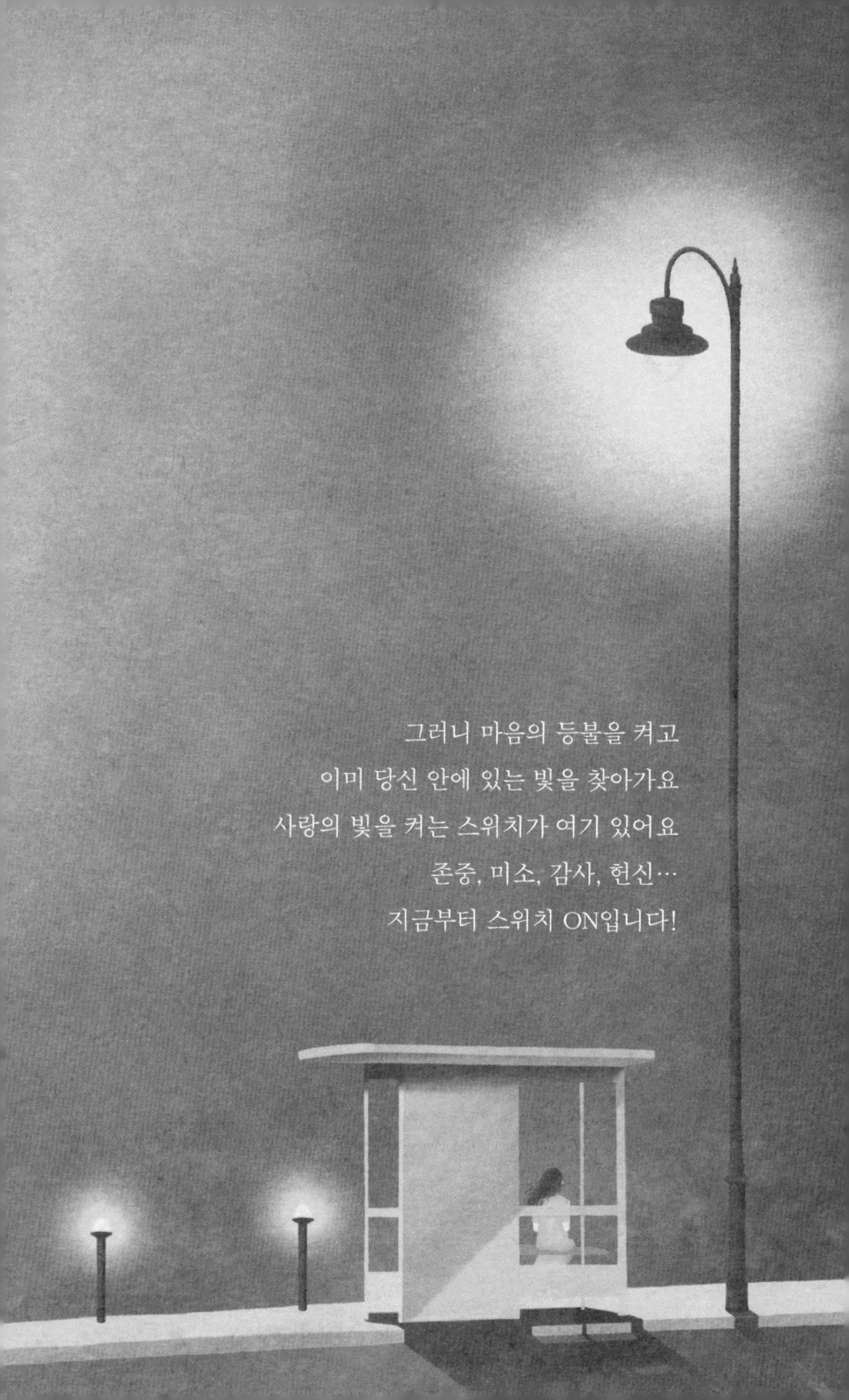

그러니 마음의 등불을 켜고
이미 당신 안에 있는 빛을 찾아가요
사랑의 빛을 켜는 스위치가 여기 있어요
존중, 미소, 감사, 헌신…
지금부터 스위치 ON입니다!

마음의 결핍을 사랑으로

이것만, 이것만 있으면 더 행복해질 것 같아
우리가 가장 흔하게 범하는 실수 중 하나예요

하지만 그 욕구를 채워 일시적인 만족을
얻는다고 해서 우리가 영원히 행복할 수는 없어요

가끔은 이유 없이 배가 고프고
가끔은 이유 없이 무언가 사고 싶고
마음은 끊임없이 무언가를 원해요

하지만 근본적인 잘못은
허기진 마음에서 비롯되었기에
무언가를 얻어 행복해지려는 시도는
항상 실패로 끝날 수밖에 없어요

끊임없는 중독과 탐닉 속에서 일시적인 행복을 구하고
무언가를 채우고 있나요?

그리고 끝에 돌아오는 허기진 마음으로 인해
불행과 고통 속에서 헤엄치고 있나요?

사랑하세요. 사랑한다면 당신은 영원히 흐르는
풍족한 강물 속에서 행복에 겨워 헤엄칠 테니까요

사랑만이 허기진 마음을 치유하는 유일한 처방전이에요
그러니 이 세상의 모든 것을 사랑해줘요

당신의 허기진 마음조차도요
마음아 널 힘들게 해서 미안해
사랑해 정말 정말 많이 사랑해

가까이 있는 가족에게 먼저 사랑을/

가끔은 사랑을 하기가
힘들 때가 있어요
특히 가족을요

가족과 공유한 과거는
아무리 성숙해도 우리의 모습을 과거로 되돌려 놓아
불편하게도 불안하게도 하니까요

저 또한
겨우 도달한 행복과 사랑에서
한순간 떨어지는 일이 자주 있었어요

그때 저는 속으로 가족을 미워하기도 했어요
저 사람들만 없으면 내가 행복할 텐데!
당연한 듯 이런 생각까지도 했었거든요

하지만 가족을 미워하고
바꾸려는 욕구를 내려놓고
저를 바꾸기 시작했을 때

모든 불행의 근원이라고 여겼던 가족이
모든 행복의 근원으로 변했어요

저는 가까이 있는 가족들을 먼저 사랑하지 않고
멀리 있는 사람들만 사랑하고자 했거든요
가족을 떠나야만 행복할 수 있다고 생각했거든요

하지만 만약 제가 그랬었다면
저는 항상 불행했을 거예요
평생을 함께할 가족에게서조차 행복을 찾지 못한다면
영원한 행복은 어디서도 찾지 못할 테니까요

그러니 곁에 있는 가족부터 사랑해요

가족과의 행복과 사랑이 완성됐을 때
그때가 바로 우리의 행복과 사랑은 어딜 가나
안전하다는 검증을 받은 것이니까요!

과거 < 미래 < 지금

혹시 지나온 과거를 후회하며
지금 해야 할 무언가를 놓치고 있지는 않나요?

혹시 일어나지 않을 미래를 걱정하며
지금 해야 할 무언가를 놓치고 있지는 않나요?

과거가 무엇인가요?
결국 지금이 과거가 된 것 아닌가요?

미래가 무엇인가요?
결국 지금이 되어 우리에게 다가오는 것 아닌가요?

맞아요
지금이 없다면 과거도 없고 미래도 없어요

그러니 과거를 후회할 것 같으면 차라리
앞으로 닥칠 미래에 대해
조금 더 고민해 보는 것이 생산적일 것이고

미래를 고민을 할 것 같으면 차라리
내가 가진 유일한 시간인
지금을 즐기는 것이 더 생산적일 거예요

중요한 것은 미래를 만들어가는 지금 이 순간이지
수많은 지금이 지나왔던 과거가 아니니까요

그러니 지금 행복해요

지금 더 많이 웃고 지금 더 많이 사랑해요

정말로 사소한 노력

100% 완벽한 사랑에
이르기 위해 엄청난 노력과
눈물을 쏟아내는 사람들이 있어요

조금이라도, 아주 조금이라도
친절함 없이 사람을 대한 것조차도
눈물로 반성하는 그런 사람들이요

그들 앞에 아주 조금 더
행복하기 위한 우리의 노력은
우리의 바람은
얼마나 쉽고 가벼울까요

그저 조금 더 웃고
그저 조금 더 친절하고
그저 조금 더 감사하고
그저 조금 더 사랑하는

이런 작은 노력을 하면서도
힘들다며 불평하는 우리

그러니 우리도 조금만 더
노력해요
오늘도 더 나은
사랑으로 나아가기 위해서요

오늘 내 마음 안에 가득 차있던
누군가를 향한 원망과
지금을 향한 불평불만들
그것들을 먼저 용서해 봐요

나를 향해 찾아온
내가 미워하는 모든 것들은
사실 내가 성장할 기회인 걸요
내가 보다 더 큰 사랑에 도달할 기회인 걸요

지금 미워하는 사람이 있다면
그건 용서를 배울 기회이자 선물이니까요
불평스러운 지금이라 생각된다면
그건 지금을 받아들이고
보다 더 넓고 행복한 사람이 될 기회이자 선물이니까요

/

그러니 우리도 조금만 더

노력해요

오늘도 더 나은

사랑으로 나아가기 위해서요

자유로운 가난/

마음이 가난한 사람은
그 어떤 것도 소유하지 않아요
세상에서 가장 자유롭고
마음이 가벼운 사람은 가난한 사람이거든요

풍족함 속에서도 가난할 수 있고
가난 속에서도 풍족할 수 있어요

당신이 풍족하다면
자만하지 마요
자만하는 순간 당신은 물질의 노예가 되니까요

당신이 가난하다면
슬퍼하지 마요
슬퍼하는 순간 당신은 물질의 노예가 되니까요

풍족한 가운데 스스로 가난해지세요
물질을 이용하되 소유하지 않음으로써
주어진 모든 것에 그저 감사함으로써

가난한 가운데 스스로 풍족해지세요
소유할 것이 없음에
그래서 집착할 것이 없음에 감사함으로써

세상에서 가장 자유로운 사람은
마음이 가난한 사람이니까요

우리는 모두 아무것도 가지지 않고 태어나
아무것도 가지지 않은 채 떠나요

그러니 이 삶에서 우리에게 주어진 모든 것이
사실은 그저 주어진 선물인 걸요

그러니 감사해요
소유에 집착하기보다 감사하고 축복해요

이미 태어난 기적과 살아온 기적과
살아갈 기적이 주어졌는데
이 세상으로부터 우리가 무엇을 더 바랄 수 있나요

/

그러니 우리에게 주어진 기적에
지금이라는 선물에 그저 감사해요

그렇게 가장 자유로운 사람이 되어
가장 행복해요

행복은2

행복은 언제나 우리 곁에 있기에
잃을 수 없어요

반대로 얻을 수도 없고요

그러니 행복을 밖에서 찾지 마요
단지 마음속의 행복을 드러내면 그만이니까요

우리가 사랑을 위해
욕망과 이기심을 하나하나 내려놓을 때

그때, 행복의 빛은 저절로 드러날 테니까요

지금은 우리 모두
구름이 태양을 가린 상태

구름 사이로 삐져나오는 햇빛만큼
우리는 행복하고 있는 거예요

하지만 구름이 걷히고 태양이
온전히 드러났을 때 우리는…

말로 표현할 수 없을 만큼 행복할 거예요

그러니 구름들을 오늘도 하나
내일도 하나, 이렇게 내려놓아요

짜증이라는 구름, 불평이라는 구름
욕심이라는 구름, 원망이라는 구름

그렇게 구름들을 오늘도 하나씩
내일도 하나씩, 이렇게 내려놓아요

처음부터 행복하지 않은 적이 없었던 내가
짠, 하고 드러날 수 있게요!

승리한다면/

만약 우리가 승리한다면

승리의 기쁨을 만끽하기 전에
먼저 패배의 아픔을 나눠요

패배자의 아쉬움과 미련에
슬퍼해 봐요

만약 우리가 승리한다면

기뻐서 울지 말고
슬퍼서 울어요

우리가 이긴 것에 기뻐하고 감사하기 전에
우리가 이긴 것에 미안해하며 슬퍼해 봐요

기쁨과 감사는 잠시 미루어도 되니까요

정말 따뜻하고 겸손한 사람들은
승리하고 나면 패배자보다

더 눈물짓고 더 가슴 아파하거든요
차라리 자신이 졌으면, 할 정도로요

내가 기쁜 만큼 그들은 얼마나 속상하고
얼마나 마음이 아플까요

내가 노력한 만큼 그들 또한
그만큼 열심히 노력을 했는데 얼마나 슬플까요

그러니 기뻐하기 전에
먼저 그들의 슬픔을 토닥여줘요

그때 우리의 승리는

보다 더 따뜻하고 멋진 승리가 될 거예요

그때 우리의 마음은

자만에 취하지 않은 채 더욱 겸손할 거예요

그러니 먼저 기뻐하기 전에

슬픔을 바라보고 슬픔을 나눠봐요

우린 너무 행복하다, 그죠?

아, 행복해라
아, 사랑스러워라
아, 감사해라
아, 만족스러워라
아이고, 기쁘다

행복한 아침
사랑스러운 사람들과
함께 있기에 감사하고
오늘도 이렇게 숨 쉬고 있기에
모든 것에 만족하고
그저 기뻐 웃어요

아, 행복해라
아, 사랑스러워라
아, 감사해라
아, 만족스러워라
아이고, 기쁘다

행복한 저녁
사랑스러운 사람들과
함께 있기에 감사하고
오늘도 이렇게 숨 쉬고 있기에
모든 것에 만족하고
그저 기뻐 웃어요

우린 너무 행복하다, 그죠?

/

가끔 마음이 편하지 않을 때
이렇게 사람을 기분 좋게 만드는
단어들을 모아서 정말 그런 것처럼
이야기를 만들고 읽어봐요

어때요? 엄청나지 않나요?

과거를 접고 미래로

우리 태양을 마주해 봐요
우리의 뒤에 그림자가 생기잖아요?

미래를 향해 달려가면
과거는 뒤에 있을 뿐이에요

하지만 과거를 보려 등을
돌리는 순간

태양을 등지고
그림자를 바라보게 돼요

그 시간에 우리의 앞에 펼쳐질
'바꿀 수 있는' 시간은 줄어들고 있어요

그러니
오늘 하늘에 뜬 태양을 무서워하지 마요

내일의 어제가 오늘이라는 사실
모든 것은 다 지나가기 마련이라는 사실

그러니 무서워하지 말고
태양을 마주해요

아름다운 오늘이
찬란한 내일을 만드니까요

긍정적인 사람과 부정적인 사람의 차이

시험이 코앞이라면
부정적인 사람은
시간이 없다며 불평을 하고
긍정적인 사람은
이용할 수 있는 시간이 충분하다며
감사해요

우리는 대개 부정적인 쪽에 속해 있죠?
많이들 가슴이 찔리셨을 거예요
저는 얼마나 찔렸는지 쿡쿡 아파올 정도인 걸요

1분도, 2분도
이용할 수 있는 시간인데다
미래를 바꿀 만한 충분한 창조력이
더해지는 시간이에요

그 시간, 불평하지 말고
우리 다 함께 감사하며
충분히 이용해요

한 달 밖에 안 남았다고요?
한 달씩이나 이용할 수 있는 걸요

하루요? 일 분이요?
에이, 하루씩이나 일 분씩이나
이용할 수 있는 걸요

행복은 결국
지금을 변화시키려고 노력하는 게 아니라
지금을 바라보는
내 마음을 변화시킬 때 찾아오는 거예요

그러니
지금을 바라보고 있는
내 마음을 한 번 긍정적으로 바꿔봐요

우리는 지금도 충분히 행복한 사람이고
앞으로도 더 행복할 수 있는 사람이라는 것을
꼭 알려줄 거예요

벌써부터 행복할 생각에 설레지 않나요?

진정한 사랑/

사람과 사람은 소통하고 이해하며
성숙해야 하는데
대개는 통제하고 지배하게 돼요

자신의 방식대로 남을 바꾸어 가려고 말이에요
하지만 그래선 절대로 성숙할 수 없어요
완벽한 관계가 될 수도 없어요

두 사람이 각각 완전한 10이었다면
두 사람이 소통을 시작하며 관계를 맺게 되었을 땐
20이 될 것을 기대하잖아요

하지만 그건 사실이 아니에요
사실은 10이 되는 거예요
두 사람이 다시 완벽한 하나를 만들어 가는 거예요

그러니 완벽한 10 중에 자신의 5를 포기한다는 각오가
정말 진심으로 사랑한다면 자신의 10을 포기하고
사랑하는 사람의 10이 될 각오가 있어야 하는 거예요

분리가 아닌, 하나 되는 것이
진정한 관계이고 헌신이고 사랑이니까요

그러니 정말 사랑한다면
나를 내세우기보다
상대방을 바라봐주고 배려해요

그렇게 두 사람 모두가
서로의 욕심과 고집보다
상대방을 향한 이해와 사랑이 더 클 때

그때야 비로소
그 둘의 사랑은 완성되는 거니까요
하나가 되어 함께하는 시간이 행복해지는 거니까요

진심이라면

당신이 어떤 사람을 위해 한 행위가
진심이라면, 정말 진심이라면
그 행위를 몰라준다고 실망하지 마요

은근히 인정받길 원하고
누군가 알아주길 원하고
그러지 않으면 토라지고

그게 나쁘다고 할 수는 없어요
하지만 거룩하다고도
온전히 그를 위해서였다고도 할 수도 없어요

마음 자체에 감사하고 만족하는 진심은
그 자체로 거룩하고 신성하기에
누군가 알아주길 바라고
또 누군가에게 인정받길 원하는 욕구가 없어요

왜냐면 정말로 그 사람이 잘 된 것
그 하나에 만족하고 기뻐하니까요
정말로 그 사람이
잘 되길 바라기에 한 행동이었으니까요

그렇다고 그걸 자랑하고 알아주길 바라는 것이
잘못됐다고 미워할 수도 없어요
아이처럼 순수하고 당연한 마음이니까요

그러니 몰라줌에 실망하지 마요
누군가 자랑한다고 미워하지도 마요

오히려 순수한 그 마음을 귀엽게 이해해줘요

마음과 사랑에 대하여

사람과 사람이 사랑을 하는 이유가
서로를 위해 헌신하고 성숙하기 위한 것이 아닐 때

어쩌면 우리의 마음속에 자리 잡은
결핍과 공허를 해소하기 위해
서로를 이용하고 있는 것일지도 몰라요

내면 깊숙이 그런 마음이 자리 잡고 있다면
지금 당장 내려놓아야 해요

감정싸움을 즐기고, 소유하고 통제하고자 하고
탐닉하고, 집착한다면
그것은 마음의 장난일지도 몰라요

마음은 항상 영리하기에
우리의 진심을 잘 속이고
때로 우리를 유혹에 빠트리니까요

그러니 마음에 속지 마요.
마음은 온갖 행위를 마다하지 않고
당신을 속이려 할 테니까요

그저 내려놓고, 그 마음 자체를 안타깝게 여기고
마음에게 용서를 빌고 사랑해주세요

"마음아, 정말 미안해. 앞으로 나는 성숙하기 위해
네가 원하는 것을 못해줄지도 모르겠어. 하지만,
하지만, 그런 나를 이해해주고 허락해줘. 왜냐면
나는 너를 너무나 사랑하니까. 고마워 마음아."

마음을 거부하고 미워하고 저항하며 다루어선 안 돼요
때로 마음이 너무 나빠 보일지라도 다정하게 대해주세요

그것은 우리에게 내재된
어린아이나 마찬가지이니까요

영원한 사랑은
함께 성숙해나가는 사랑이에요

하지만 두 사람이 만나
하나의 삶을 살아가며
서로를 억압하고 통제하며 싸우기 시작할 때
그 사랑은 결국 유통기한이 다해
서로가 서로의 곁에서 지치게 될 거예요

그러니 두 손을 맞잡고 성숙해요
서로 더욱 이해하기 위해 노력하고
하나의 삶을 함께 살아가며
그 경험들을 나누며 서로를 응원해주고
위로해주며 고취시켜줘요

그렇게 함께하는 내내
어제보다 오늘 더 성숙해나갈 때
그때는 영원히 지치지 않은 채 사랑하며
서로가 서로의 곁에 함께 있음에 감사하게 될 거예요

그러니 상대방을 억압하고
미워하게 되고 또 변화시키려는 마음이 들 때마다
그 마음에 속기보다 마음을 잘 타일러줘요

"마음아, 정말 미안해. 앞으로 나는 성숙하기 위해
네가 원하는 것을 못해줄지도 모르겠어. 하지만,
하지만, 그런 나를 이해해주고 허락해줘. 왜냐면
나는 너를 너무나 사랑하니까. 고마워 마음아."

그러고 나서 상대방을 바라봐요
지금도 충분히 사랑스러운 상대방이 보일 거예요
그런 상대방을 왜 이해해주지 못하고
사랑해주지 못했을까 마음이 아플지도 몰라요

그 마음으로 상대방을 바라보며
미운 점보다 고마운 점들을 생각하고
그것들에 고마워, 고마워 표현해주며
함께 성숙하며 사랑을 더욱 키워가요
그렇게 영원한 사랑을 해요

공감의 중요성

세상엔 자신의 아픔을, 기쁨을
공감 받지 못해 슬퍼하는 사람이 있어요

정말 순수하기에 아주 사소한 것들이라도
나누고 싶어 하고 알아주길 바라거든요

진정으로 자신에 대해 알아주길
진실한 만남이길 원하거든요

제가 병원에 있을 때 옆에 있던 누나에게
벨 소리가 울리는데
회사 사장님인지 어디냐고 왜 출근 안 하냐고 물었어요
그 누나는
감기 몸살에 몸이 아파 못 간다고 말하였는데
전화를 거신 분이 잠시 잊으셨나 봐요

그런데 정말 슬픈 건, 그 누나의 병은 마음의 병이고
그 아픈 마음을 어디에도 기대지도, 나누지도 못한 채
유일하게 흰 가운을 걸친 의사에게
자신을 그저 환자로만 바라보는 의사에게만
자신의 아픔을 이야기하고 기대고 있다는 거였어요

자신이 지금 많이 아프다고, 마음이 병들었다고
누구에게도 말하지 못하고 숨기고 있으니…

지금 너무 힘들다고 말해도 될 텐데
그저 감기 때문에 하루 쉰다고 말하고 있으니…

과연 말하지 않았을까요?
아픔을 호소하지 않았을까요?

세상엔 그런 사람들이 많아요
제가 갔었던 작은 병원에만
그런 문제로 온 사람이 수두룩했으니까요

정말 사소한 공감, 그것 하나만 있다면
지금쯤 미소를 지으며 행복하게 살아갈지도 모른다는
그런 생각이 들었거든요

누군가 아픔을 호소하면
들어주고 같이 슬퍼해주세요

정말 함께 아픈 척 해주세요
그러다 보면 진짜 그렇게 되거든요

그 순간 우리의 반응이 그 사람의 인생을
비극으로도, 희극으로도 바꿀 수도 있을 거예요

우리에게 그런 행복한 기회가 온다면
마다하지 말고 그 사람을 위해 그저 귀 기울여줘요

어쩌면 우리의 그 사소한 노력이
한 사람의 불행할 수도 있었던 평생을
행복한 평생으로 바꾸어줄 수도 있는 거예요
한 사람의 생명을 살릴 수도 있는 거예요

아주 사소하고도 사소한 그 노력이
가장 큰 기적을 일으킬 수도 있는 거예요

그러니 우리에게 그런 행복한 기회가 온다면
마다하지 말고 그 사람을 위해 귀를 기울여줘요
마음을 기대고 의지할 따뜻한 품이 되어줘요

관계를 맺는 이유가

관계를 맺는 이유가
외로움에서 벗어나기 위해서라면
지금의 공허를 채우고
자신의 부족한 무언가를 얻기 위해서라면
그 관계의 끝에 우리가 느낄 감정 또한
위의 그것과 다르지 않을 거예요

다시 외롭고, 다시 공허하고
다시 무언가 부족할 것이거든요

관계를 맺는 이유가
성숙하기 위해서라면
정말로 그 사람을 사랑하기에 함께하고
그 사람을 위해 헌신하기 위해서라면
그 관계의 끝 역시
위의 그것과 다르지 않을 거예요

성숙하고, 사랑으로 가득 차고
헌신으로 인해 이기심을 극복할 것이거든요

그러니 외로워서
지금의 마음 한구석이 허전해서
누군가를 통해
그 공허함을 채우기 위해서
관계를 맺지 마요

그건 두 사람 모두를
결국 더욱 아프게 할 테니까요

지금 외로워하고 있는 내 마음을
먼저 돌봐주고 사랑해주세요

"그동안 너를 바라봐주지 않아서
외롭게 내버려두어서 정말 미안해
앞으로는 내가 많이 아끼고 사랑할게."
라고 말하며 보듬어주세요

혼자서 밥도 먹어보고 영화도 봐보며
나의 마음과 함께 온전히 둘이서 머물러봐요
나와 가장 오래도록 함께할 친구는
바로 나 자신이잖아요

그러니까 영원하지 않은 타인의 품이 아니라
영원한 나의 품 안에서
내 마음이 오롯이 행복할 수 있게 보듬어줘요

먼저 그런 내가 되어야
비워진 마음을 억지로 채우기 위한
관계가 아니라
이미 채워진 나의 행복과 기쁨을
함께 나눌 수 있는
그런 관계를 맺어갈 수 있을 테니까요

그때야 비로소
함께하기에 더욱 행복하고 풍성한
함께 성숙해나가는
관계를 맺어갈 수 있을 테니까요

아픔과 상처가 아니라
행복과 기쁨 그리고 사랑과 감사를 나누며
서로에게 서로가 곁에 있음이 선물이 되는
그런 관계를 맺어갈 수 있을 테니까요

이기심을 극복하기 위해

우리 행복을 위해 이기심이라는
벽을 허물어요

이해, 용서, 존중, 감사, 사랑
많은 도구가 있어요

이 중에 오늘은 하나만 시작해 봐요
어때요? 영혼이 풍요로워지는 느낌

우리는 행복을 위해 이기적이지만
사실 그래선 행복할 수 없어요

이기심을 내려놓고
하나, 둘 나눠봐요

미소를 나누고
사랑을 나누고

벽에 금이 가기 시작할 때
포기하지 마세요

조금만 더 참으면
스스로 무너질 테니까요

우리는 우리의 행복을 위해
이기심을 선택하지만

사실 이기심은
우리의 마음을 작고 좁게 만들어
우리를 더욱 불행하게 만들어요

그러니 진정한 행복을 위해서
이기심을 내려놓고

나 자신을 사랑하는 만큼
타인을 똑같이 사랑하기 위해 노력해요

그 과정 안에서
우리는 진정한 행복이 무엇인지 알아가게 될 거예요

조금 더 이해하고 조금 더 사랑하고
조금 더 나누고 조금 더 감사하기 위해
노력하는 그 과정 안에서요

그러니 우리 행복을 위해
이기심이라는 벽을 허물어요

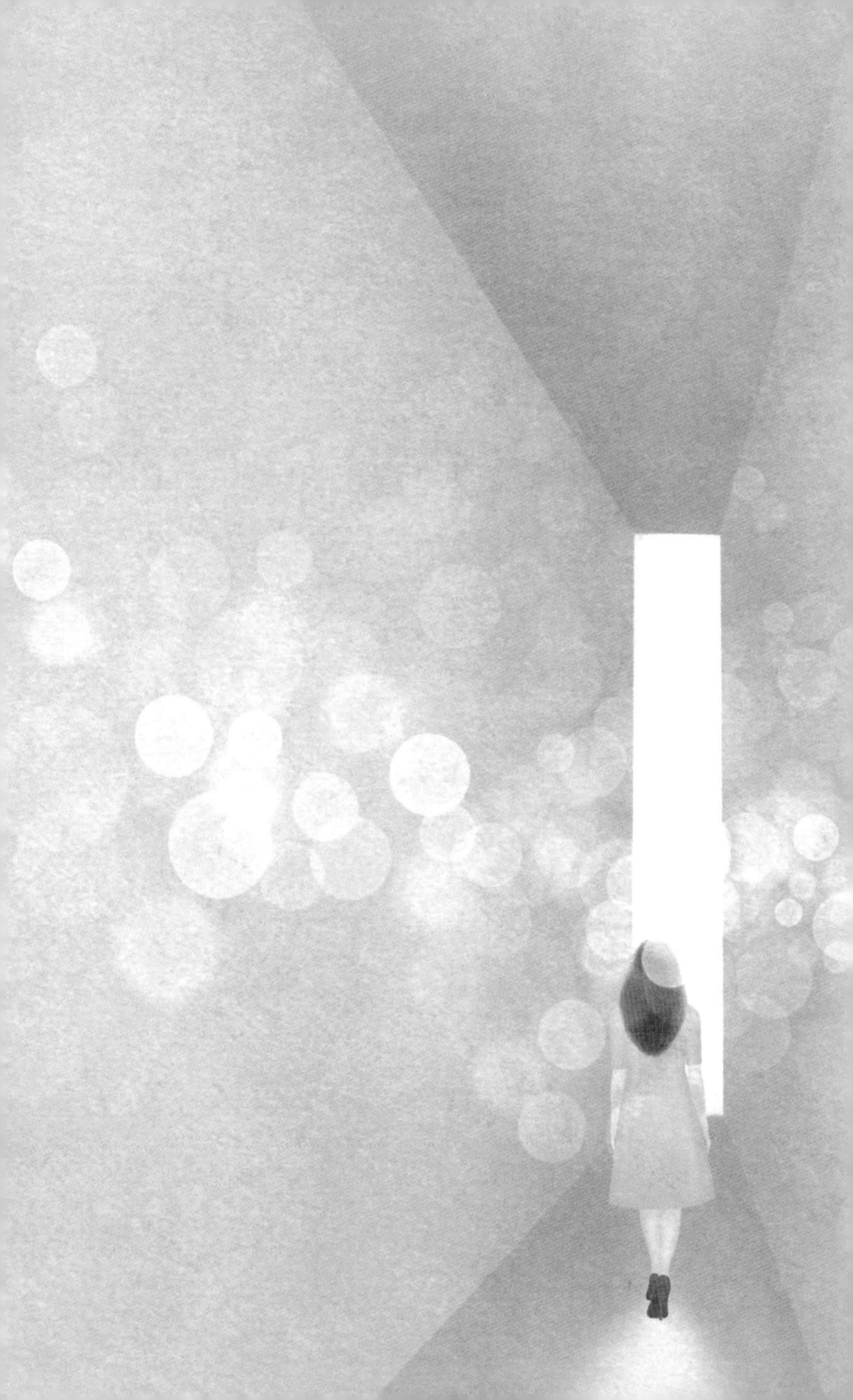

굳이

굳이 사랑을 실천하기 위해
멀리 가난한 나라를
가난한 사람들을
찾아갈 필요는 없어요

그저 주변의 모든 생명을
존중하고 사랑하면 그걸로 된 거예요

멀리까지 찾아가 봉사하고 사랑한다는 것은
정말로 아름답고 거룩하고 신성한 그리고
정말로 자신을 헌신하는 행위이지만

부모님께 안마를 해드리고
지인들에게 따뜻한 미소를 지어주고
애완동물을 사랑스럽게 쓰다듬어주는 것도

마찬가지로 거룩하고 신성한 행위예요

작은 헌신이나 큰 헌신이나
똑같이 이기심을 극복하고
아름다운 사랑 앞으로 나아가게 해주니까요

그러니 자신이 할 수 있는 범위 내에서
무리하지 말고 작은 사랑, 작은 헌신을
실천해 봐요

따스한 미소를 곁들이면 더욱 좋고요!

미안하다는 말 한마디

미안하다는 말 한마디의 힘을 아세요?
모든 싸움의 고통 속에서
진심으로 고개 숙여
사과한다면 싸움을 끝낼 수 있어요

미안하다는 말 한마디의 힘을 아세요?
모든 오만과 자만을
겸손하게 사과하는 태도로써
마음은 오히려 더 커지고 더 넓어져요

미안해요
미안해요

스스로에게도 말해줘요
너를 울려서 미안해
너에게 상처를 줘서 미안해
무엇보다 너를 사랑하지 않아줘서 미안해

미안해요
미안해요

이 작은 네 글자의 위력이
우리의 인생을 바꾸기에 충분할 거예요

천 원의 행복

어머니와 시장에 함께 갈 때면
항상 저를 뉘우칠 기회를 얻어요

저의 욕심은 얼마나 끝이 없던가요
그러면서 얼마나 나의 마음을 괴롭혀왔던가요

커서 돈을 어마어마하게 많이 벌어야지
커서 꼭 높은 사람이 되어 권력을 지녀야지

어릴 적 항상 마음에 있었던 생각들
결국 몸도 마음도 아파 쓰러지게 했던 생각들

야채를 팔며 천 원에 모든 것을
다 얻은 듯한 미소를 지으시는 아줌마 아저씨들

정말로 행복에 겨워 웃음을 짓는 여유는
돈을 많이 번다고,
권력을 얻는다고 가질 수 있는 것이 아니었는데…

지금 혹시 행복하기 위해 어떤 것을 좇고 있나요?
그리고 그 행위가 지금 이 순간 당신을 행복하게 하나요?

그렇지 않다면 아마 그 행위의 끝에서 행복은 항상
잡힐 듯 말 듯 그렇게 도망 다닐지도 몰라요

정말 행복해지고 싶다면
지금 만족하고, 지금 더 많이 웃고
지금 감사하고 바로 지금 행복하세요!

그리고 어떤 것이 있으면 행복할 거라는
환상을 더 이상 믿지 마요

지금 나를 행복하게 해주는 일만이
나를 행복하게 해줄 수 있고

지금 내가 행복해야지만
나는 행복한 사람인 거니까요

지금 행복하지 않은데
조금 있으면 행복해질 거야, 라는 말은
절대로 성립될 수 없으니까요!

그러니 지금 만족하고, 지금 더 많이 웃고
지금 감사하고 바로 지금 행복하세요

행복의 정원

당신의 정원은
잡초가 무성하고
토양이 황폐한가요?

이제는
정원을 가꾸어봐요

무엇을 심을까요?

음, 우선 감사와
사랑을 심어봐요

반성의 눈물로
영양을 주고

마음의 따뜻함으로
햇빛을 제공해주세요

지금 당신의 정원에
미움과 증오를 심고 있다면

괜찮아요
뽑고 다시 시작하면 되니까요

다만, 너무 늦지는 마세요!

지금 내가 심고 있는 것들이 계속해서 자라서
언젠가 열매를 맺을 테니까요

당신이 나중에 얻고 싶은 열매는 무엇인가요
당신은 당신의 정원이
어떤 정원이 되었으면 하고 바라고 있나요

생각 바꾸기/

혹시 이런 말
들어보셨어요?

생각이 행동을 만들고
행동이 습관을 만든다
습관이 인격을 만들고
인격이 인생을 만든다

지금 어떤 생각을 하고 있나요?
그리고 그 생각을 실천하고 있나요?

그럼 무의식중에 그 생각은 습관이,
인격이 되었을 거예요

그리고 바로 그 인격이
우리의 현재를 창조하고 있는 거예요

먼저 인생을 바꾸려 하지 말고
먼저 인격을 바꾸려 하지 말고
먼저 습관을 바꾸려 하지 말고
먼저 행동을 바꾸려 하지 마요

먼저 생각을 바꿔요
다른 시도는 어렵고 무너지기 쉽거든요

"아, 나는 너무 행복하고 풍요로워"
이 한마디로 생각 바꾸기를
시작해 보는 건 어떨까요?

명심해요
하나의 생각이
내 인생 전체를 불행하게 할 수도
내 인생 전체를 행복하게 할 수도 있다는 걸

그러니 지금 내가 불행하다면
지금 내가 하고 있는 생각을 먼저 바꿔봐요

"아, 나는 너무 행복하고 풍요로워"
이 한마디로 생각 바꾸기를
시작해 보는 건 어떨까요?

누군가 나를 인정하지 않는다 해도

누군가 나를 인정하지 않는다고 해도
나 자신은 여전히 완전한 빛이고
여전히 완전한 사랑이라는 것은
항상 변함이 없어요

하지만
누군가에게 인정받기 위해 무언가를 하고
인정받지 못해 실망하는 우리…

혹시 지금 누군가 인정해주지 않는다고
용기를 잃고 주저하고 있나요?

하나만 알아둬요
밖에서 무엇이 어떻게 변하든
우리는 완전한 빛이고 완전한 사랑인데
우리가 그것을 몰랐을 뿐이고
우리의 마음은
지금까지 너무나 힘들었다는 것

많이 힘들고 많이 아프죠?
많이 지치고 많이 실망했죠?

잠시만 멈추어 마음에게
지금 당신이 알게 된 사실을 말해주고
당신의 진심을 말해줘요

마음아 너를 힘들게 해서 너무 미안해
앞으로 내가 좋은 생각만 가득 할 테니
우리 용기를 잃지 말고 힘내자
너무너무 고맙고 정말 사랑해

/

너는 너 자체로

누군가의 인정이나 납득이 필요하지 않은

정말로 소중한 사람이야

완전한 빛이고 완전한 사랑이야

여태 그걸 몰라줘서

그렇게 너를 힘들게 해서 정말 정말 미안해

생각의 창조력

모든 생각은 창조력을

가진대요

우리가 얼떨결에 장난삼아 했던

상대를 비난하는 생각

우리가 스스로를 자책하며

미워하고 증오했던 생각

그 모든 생각은 창조력을

가진대요

지금 행복하지 않거나

걱정 앞에서 몹시 두려우신가요?

그런 생각이 가득하다면 앞으로도

행복하지 않고 두려울 거예요. 점점…

생각이 현실로
창조될 테니까요

생각은 정말 쉽지만
함부로 다루면 위험해요

그러니 항상 비난하거나
미워하는 생각을 조심하고

행복하고 사랑스러운 생각을 반복해
행복과 사랑을 창조해 봐요

나는 너무 행복해
나는 너무 사랑스러워
이렇게요

그리고 타인에게 또한 마찬가지로요

/

당신은 정말 소중한 사람이야

늘 내게 고마운 사람이야

고마워 사랑해

이렇게요

꿈을 선택한 이유

인생을 살아가며 우리가 선택한 꿈이
누군가를 이기고 유명해지고
또 많은 것을 얻기 위해서라면
우리는 그것은 얻을 수도 있고
얻지 못할 수도 있어요
그리고 그런 것들을 얻었다고 한다면
그 후에 우리에게 과연 무엇이 남을까요?
여전히 무언가 모자라 결핍을 느끼고
지독한 공허만이 남아 고통스럽지 않을까요?

반대로
우리가 인생을 살아가며 선택한 꿈이
보람을 느끼거나 성숙하기 위한 것이라면
제가 장담하는데
우리는 그것들을 무조건 얻을 거예요
성숙하고 보람을 느낄 것이고
거기에 더해
다른 것들까지 자연히 따라올 것이거든요

꿈을 향해 걸어가다 때로
넘어지기도 하고
그 상처가 너무 아파 눈물이 날지도 몰라요
하지만 괜찮아요
그러면서 성숙하고 있잖아요
그러면서 그 상처가 치유되고 있잖아요

그러니 너무 상심하지 마요

용기를 잃지 말고 항상 힘내요

많은 것을 가지고 있고
많은 사람들에게 알려진 사람이 되는 것보다
스스로 행복한 사람이 되는 게 중요하고
무엇보다 누군가에게
더욱 따뜻한 사람이 되어주는 게 중요하고
이 삶을 통해서
하루하루 성장해나가는 것이 중요한 것이니까요
진실로,
인생에서는 그게 가장 중요한 것이니까요

우리는

우리는 사랑받기 위해 태어났고
또 그 사랑을 전하기 위해 태어났어요

우리 모두는 투명 날개를 단
아름다운 천사거든요

다만, 우리가 스스로를 몰라보고 있기에
그 모습이 드러나지 않는 것일 뿐

지금 사랑이 부족하다면
정말 가득 찬 사랑을 실천해보아요

멀리서 찾을 필요 없어요
가족들과 친구들 무엇보다 나 자신

나를 그리고 가족을 진정 사랑할 줄 아는 사람만이
다른 사람들을 진정 사랑할 수 있으니까요

가장 익숙하고 편안한 관계 속에 사랑이 없다면
다른 사람들과도 익숙해질 즈음 조화가 깨지겠죠?

그러니 진정 사랑하고 사랑받고 싶다면
나를 사랑하는 데서, 가족을 사랑하는 데서부터 시작해요

그리고 가슴속에 새겨둬요
사랑이 쉽지 않다는 것과
그러니 낙심할 필요가 없다는 것
그 노력 자체가 이미 사랑이라는 것을요!

이 시를 읽고 있는 지금
나에게 한 번 말해주면 어떨까요
고마워 사랑해 넌 정말 소중한 사람이야

그리고 주변을 둘러보고
그 사랑으로 다른 사람들을 바라봐요
얼마나 사랑스러운가요!

그러니 사랑하고 또 사랑해요
그렇게 꼭 행복하고 또 행복해요

우리는 다른 무엇이 아니라
정말로 사랑하고 행복하기 위해 태어났으니까요

남을 위한 욕심

지금 누군가에 대한 욕심을
너를 위한 거야, 라고 정당화하고 있나요?

하지만 사실 그 욕심은
자신을 위한 욕심이 아닌가요?

제발 부탁드릴게요
욕심을 많이 가져주세요

단, 자신을 위해서가 아닌
상대방을 위해서

상대방이 자신이 원하는 어떤 길을 가겠다고
당신에게 의견을 구한다면

당신이 생각하기에 알맞은 길이 아니라고 해서
포기하고 이 길을 가라, 이렇게 말하지 마요

그 길을 향해 좋은 환경을 마련해주고
또 격려해주고 그 방향으로 잘 되길 욕심부려요

나를 위한 욕심은 때로 누군가를 통제하지만
상대방에 대한 진심 어린 욕심은

서로가 서로를 행복하게 만들어줄 수도 있기에
정말 유용하고 감사한 도구가 될 수도 있거든요

유모차 끄시는 할머니

제가 사는 곳 주변에 몇 년째
홀로 유모차를 끄시는 할머니가 계셔요

이전에는 손자를 태우고 그렇게
웃으시면서 행복해 보였던 할머니셨는데

지금은 그저 빈 유모차만을
매일매일 쓸쓸한 표정으로 끌고 계셔요

저는 그 할머니와 자주 마주치기에 그것을 알지만
할머니의 가족은 알까요?

지금쯤 당연히 잘 지내시고 있겠지, 라며
할머니에게 소홀하고 있는 가족을
할머니는 너무나 그리워하고 있지는 않을까요?

이 시를 기회 삼아 소홀했던 가족에게 찾아가 봐요
연락해 봐요. 미루지 말고 지금 당장이요

진정한 행복

행복이 밖에서 구하는 것이 아닌
나의 내면에서 솟아오르는 기쁨이라는 것을
알게 되었을 때
저는 얼마나 안도했던가요
그리고 동시에 얼마나 많은 후회를 했던가요
이때까지 저는 얼마나 많은 것들을
내면이 아닌, 저 밖에서 찾아왔었는지…
이 사람이 내 곁에 있어준다면 행복할 거야
저것들만 내 손에 넣으면 행복할 거야
사실
어떤 사람은 그리고 어떤 사물은
저를 잠시나마 행복하게 해줬어요
행복은 욕망분의 만족인데
일시적으로 욕망이 줄어드니까
자연히 만족이 늘어난 것이죠
그래서 저는 행복해진 것이었어요

하지만
이 세상에 어떤 모습을 취하고 있는 것들 중
영원한 것은 아무것도 없어요
그래서 제가 의존했던 행복해지는 방법은
너무나도 짧고 금방 사라지는 것이었어요

진정한 행복은 어디서 찾고 구하는 것이 아니라
지금 이 순간에 감사하고 만족할 때
마음속에서 그저 드러나는 것이니까요

그러니 영원하지 않은 밖의 것들에
집착하며 행복을 찾지 마요
우리를 행복하게 해주는 것들은
바로 지금 이 순간
우리가 세상을 어떠한 방식으로 바라보고 있냐 하는
그 마음가짐이니까요
지금 내가
내게 주어진 모든 것들을 받아들이고
감사하기 시작할 때
이것이 없으면 절대로 행복할 수 없을 거라
믿었던 믿음을 넘어서서
나는 행복해지기 시작하는 거니까요
우리를 진정, 그리고 영원히 행복하게 해주는 것은
다름 아닌 지금에 감사하는 마음이고
나를, 그리고 세상을 사랑하는 마음이니까요

/

그러니 지금 감사하고 사랑해요
더 이상 나를 아프게 하지 말고
우리 지금 감사하고 사랑해요
그렇게 꼭 행복해요 꼭이요

남들과 비교하지 마요

남들과 비교하지 마요
스스로만 힘들어질 뿐이에요

성숙의 문은 경쟁을 통해 두드리는 것이 아니라
이해와 협력을 통해 두드리는 것이니까요

남들과 비교하지 마요
스스로만 힘들어질 뿐이에요

비교는 남들과 나를 더욱 구분하여
나를 위한 이기심이 더욱 강해지게 하니까요

그러니 남들과 비교하지 마요!

그래도 자꾸자꾸 비교를 하고 싶다면
어제의 나와 오늘의 나를 비교해 봐요

어제의 내가 부모님에게, 친구에게, 사람들에게
조금 불친절했다면 오늘은 조금 더 친절해져 봐요

어제의 내가 조금 부정적이었다면
오늘은 어제보다 조금 더 긍정적이 되어봐요

이런 비교는 아무리 많이 해도
힘들지 않고 오히려 성숙하게 되니까요!

이기심에 대해서

우리는 이기심이
우리를 점점 불행하게 만들어간다는
사실을 잘 몰라요
오히려 이기심이 우리를
행복하게 만들어 줄 것이라고 믿어요

우리의 이기심이 손해를 본다고 여기는 것
누군가에게 양보해주고
누군가의 부탁을 기꺼이 들어주고
누군가를 위해… 또 누군가를 위해…

자신이 아닌 다른 누군가를 위한 것들은
눈에 보이는 것들을 잃는 것처럼 보이게 하기에
우리는 누군가를 위해 쉽게 배려하고
또 헌신하려 하지 않아요

하지만 배려하고 헌신하는
누군가를 위한 행위는
우리를 점점 행복하게 해주고
우리를 진정한 사랑으로 나아가게 해줘요

그래서 행복해지고 싶다면
진정 사랑이 무엇인지 알고 싶다면
'나'를 아끼는, '나'를 위하는 이기심을
내려놓아야 해요.

내가 이 세상에서
더 이상 미워할 누군가가 없으며
잃을 무엇인가가 없는 세상은
얼마나 무한히 행복한 세상일까요

우리가 이기심을 하나, 둘 내려놓을 때
그렇게 나와 타인을
똑같이 소중히 여기기 시작할 때
정말로 행복한 세상이 찾아올 거예요

그러니 노력해요
그렇게 행복해요

/

결국 인생은

그 행복을 알아가기 위한 학교이며

인생의 모든 상황들은

그것들을 배워가는 수업이니까요

관점이 투시된 세상/

분노로 가득 찬 사람에게
세상은 적대적이고 자신을 화나게 만드는 것들이
가득 찬 곳으로 투시되어 보이고

감사로 가득 찬 사람에게
세상은 고맙고 항상 배울 것을 제공해주는 것들이
가득 찬 곳으로 투시되어 보여요

슬픔으로 가득 찬 사람에게
세상은 희망이 없고 자신에게 상처를 주는 것들이
가득 찬 곳으로 투시되어 보이고

사랑으로 가득 찬 사람에게
세상은 설레고 생명을 가진 모든 것들이
사랑으로 가득 찬 곳으로 투시되어 보여요

지금 당신이 바라보는 세상은 어떤가요?

우리는 모두 내가 마음 안에
가장 많이 품고 있는 것들로
세상을 생각하고 바라보게 되어요

그러니 내가 지금 바라보는 세상이
사랑이 전혀 없고 불행하고 우울한 세상이라면
한 번 내 마음에 품은 것들을 변화시켜 봐요

감사와 사랑을 품은 채
내게 주어진
정말 작고도 작은 것 하나까지도 감사하며
또 사랑해 봐요

할 수 있어요
저도 이 세상이 절망이고 지옥이고
그래서 더 이상 살기가 싫었던 날들이 있는 걸요

하지만 지금은
정말로 많은 것들에 감사하고 또 사랑해서
벅찬 나머지 눈물을 흘릴 만큼 행복한 걸요

제가 했다면

당신도 할 수 있어요

그러니 용기를 잃지 말고 힘내요!

자신을 존중할 줄 아는 사람은
무언가 잘못되었다고 해서
크게 실망하지 않아요

그들은 자신이 무얼 해도
잘할 수 있다는 자존감이 있으니까요

그들은 꼭 무엇이 없어도
자신이 소중한 사람이라는 것에는
변함이 없다는 걸 잘 아니까요

자존감은 자존심과는 달라요
자존심은 무언가
목표로 하던 일을 통해 커지다가
그것이 잘못되면 무너져버려요

자존심은 어떠한 것과 자신을 동일시하며
스스로를 부풀리고자 하는 마음이에요

큰 꿈과 자신을 동일시하며
혹은 자신이 속한 집단과 자신을 동일시하며…

자존심은 자신을 진심으로 존중하지 않기에
끊임없이 무언가에 기대어 자신을 바라보려 해요

있는 그대로의 자신을 바라보기가 무서워
자신을 회피하는 거예요

나는 이게 있어서 자신감이 있고
나는 저게 없어서 자신감이 없고…

/

그러니 진정 자신을 존중한다면
무언가를 통해 커지려고 하지 마요

그저 자신의 있는 그대로를 사랑하고
남들의 있는 그대로를 사랑해줘요

/

나는 무엇이 있든 없든
누군가의 인정이 있든 없든

그저 나라는 존재 자체로
충분히 소중하고 사랑스러운 사람이니까요

비난하지 마요

누군가 우리의 눈에 너무나 나쁘고
잘못된 일을 저질렀다고 해서
그 사람을 미워하며 비난하지 마요

비난한다고 해서 그 사람의 행위에 대한
책임이 커지는 것도 아니니까요

오히려 이 상황을 감사히 여기고
성숙할 수 있는 기회로 여겨보는 것은 어떨까요?

제가 저 사람이 아니었다는 것에 감사합니다
저 사람을 통해 제가 선하다는 것을
알게 해주셔서 감사합니다
이렇게요

세상에 악이 없다면
선도 존재할 수 없으니까요

우리는 우리가 아닌 다른 사람에게 일어난
재앙에 대해서도 가해자를 미워하며 비난하는데
가끔은 피해자가 가해자를 용서하기도 하잖아요
그런 일들은 우리에게 얼마나 큰 감명을 주던가요!

피해자도 아닌 우리가 가해자를 미워하고 비난하는 것은
저 거룩한 용서에 비해 얼마나 사소하던가요!

그러니까 우리, 미워하고 비난하지 마요
그저 감사하고 그저 사랑해요

누군가 미워하는 마음이 들 때
그것을 용서를 배우고 이해를 배울
선물로 여기고 마주해 봐요

오늘 하루에도
우리에게 주어진 선물은 얼마나 많으며
또 그 선물을 통해 성숙한다면
우리는 얼마나 더 많이 성숙해서
얼마나 더 많이 행복한 사람이 될 수 있을까요

그러니까 우리, 미워하고 비난하지 마요
조금 더 이해하고 조금 더 용서해요

걱정에 대하여/

우리의 걱정 중
80% 정도의 일은
일어나지도 않을 일이며

나머지 20% 정도의 일은
일어나더라도 우리가
어떻게 하지 못할 일이라고 해요

우리가 하는 걱정 중
오직 2% 정도의 걱정만이
우리에게 필요한 걱정인데

지금 어떤가요?
일어나지 않을 일을 걱정하고 계시지는 않나요?
이미 어쩔 수 없는 일에 대해 걱정하고 계시지는 않나요?

그런 걱정으로 우리에게 일어나지 않을 일까지
일어나도록 생각에 창조력을 더하고 더해
당신의 삶이 그런 삶이 되도록 만들어가고 있지는 않나요?

우리 생산적이지 않은 걱정은 이제 털어내고
마음에게 부드럽고 따뜻하게 말해줘요

너를 두려움 속에 빠뜨려 미안해
앞으로 용기를 잃지 말고 힘내자, 사랑해

너무 걱정하지 않아도 괜찮아요
당신은 잘하고 있고 또 잘 해낼 것이니까요
그런 당신을 그저 믿어주고 응원해줘요

정말 잘 해낼 거예요

행복과 사랑

행복에 조건과 이유가 필요하다면
그 행복은 금방 사라질 거예요
조건과 이유는 영원히 있어주는 게 아니니까요

그러니 행복해지고 싶다면
무언가에 의존하거나 기대지 마요
그저 행복하면 되니까요

생각을 바꾸는 데서부터 시작해 봐요
'아, 나는 지금 너무 행복해.'

사랑을 하는 데 있어 조건과 이유가 필요하다면
그 사랑 또한 금방 사라질 거예요
조건과 이유는 영원히 있어주는 게 아니니까요

그러니 사랑받고, 사랑하고 싶다면
무언가에 의존하거나 기대지마요
그저 사랑하면 되니까요
생각을 바꾸는 데서부터 시작해 봐요

'아, 나는 너무나 많은 사랑을 받고 있고
나는 너무나 많은 사랑을 나누고 있어.'
이렇게요

만약 나에게 지금
'나는 이것 때문에, 저것 때문에 행복하지 못할 거야
사랑하지 못할 거야. 사랑받지 못할 거야
그래서 나는 이것이, 저것이 필요해.'

이런 생각이 있다면 영원히 행복하지도
사랑을 주고받지도 못할 거예요
진정한 행복은, 진정한 사랑은 그 자체로 완벽하기에
아무 조건도 필요로 하지 않으니까요

행복은

그저 지금 이 순간에 감사하는 마음이고

지금 이 순간을 있는 그대로 받아들이는 마음이고

사랑은

나인 것을 그저 나인 채로

너인 것을 그저 너인 채로 바라봐주고

또 받아들여주는 마음이니까요

지금 이대로도 완벽한 세상

세상은 지금 이대로도 너무나 완벽해요
이 세상이 어떻게 완벽하냐고요?
그 이유는 우리가 이 세상에 태어난 것이
다른 무엇도 아닌
성숙하기 위해서이기 때문이에요
누군가는 슬퍼 울고 있고
누군가는 화를 내고 있고
또 누군가는 무언가에 도전하고 있고
또 누군가는 사랑하고 있지만
모든 사람이 자신이 선택한 것을 통해
성숙할 거예요
세상을 그저 성숙하기 위해 모두가
한 걸음씩 나아가고 있다고 생각해 봐요
누군가는 뒤처져 슬픔에 빠져 있고
누군가는 화를 내며 싸우고 있지만

그들도 언젠가는 무언가에
열정을 가지고 도전할 것이며
거기서 즐거움을 발견할 거예요
그리고 언젠가는
사랑의 문을 두드릴 거예요
지금 무엇을 선택하고 있든
그리고 그것이 언제가 되었든
모든 사람이 성숙하고 있으니까요
그래서 이 세상은 너무나 완벽한 것이니까요
때문에 이 세상엔 우리가 비난할 것도
판단할 것도, 바꿔야 할 것도 없는 거예요
우리는 지금도 성숙하고 있으며
앞으로도 계속 성숙할 것이기에
그래서
세상은 지금 이대로도 너무나 완벽한 것이기에

사랑은 정말 어려워요

사랑은 정말 어려워요
이기심 때문에
남들보다 나를 더 아끼는
그 마음 때문에요

결국엔 그 마음이
나를 더 힘들게 하고
더 아프게 하는데
그걸 아는데도 정말 어려워요

하지만 사랑을 연습하는 동안
나는 얼마나 성숙했던가요

한때
나는 혼자 있는 게 편해
나를 좀 내버려 둬. 나는 외로운 게 좋아
이런 말들을 얼마나 많이 했던가요

하지만 이제는 알아요
내가 이제까지 내뱉은 수많은 말들이
결국엔 사랑받고 싶어, 의 다른 표현이라는 것을

한때는 몰랐는데
이제는 아는 것들이 조금은 많아졌어요

사랑한다는 것은 참 어려운데
어려운 대신 성숙을 듬뿍 선물 받나 봐요

내가 우울해했던 이유 또한
결국 나 위로받고 싶어, 나 좀 바라봐줘, 라고
떼쓰는 아이의 투정 같은 것이었다는 것을

하지만 결국
위로받기보다 위로하고자 하는 마음이
사랑받기보다 사랑하고자 하는 마음이
나를 치유한다는 것을 알게 되었어요

앞으로도 더 노력할 거예요
나를 더 많이 사랑해주고
또 다른 사람들을 더 많이 사랑하기 위해서요

저, 많이 아팠는데
사랑으로 인해 그 아픔을 이겨내고
지금은 정말 행복하기까지 하거든요

그러니 정말 어렵지만
우리 모두 하루에 조금씩만
더 사랑해요

일어나서 한 번
자기 전에 한 번
나에게 사랑한다 말해주고
또 내게 주어진 것들에 감사해요

감사를 하다 보면요
내가 숨을 쉬고 있다는 것 자체가
얼마나 감사한 일인지 알게 되어서
그게 얼마나 큰 기적인지 알게 되어서 울게 돼요

너무 감사하고 행복해서 울게 되고
가슴에 뜨거운 전율이 일어날 만큼 울게 돼요
예전에는 아파서 울었는데
지금은 행복해서 운다니 얼마나 큰 선물인가요!

그러니 감사해요

정말 어렵지만
대신 세상에서 가장 시간도 덜 들고
마음만 먹는다면 언제,
어디서든 할 수 있는 일이니까요!

중요한 것은
내가 정말 행복한 사람이 되고 싶다는
그 간절한 의지이니

행복하고 싶다면
이제는 감사하고 사랑해요
그러지 않으려고 저항하는 마음을 내려놔요

이 시를 즐겁게 읽어주셨다면
제 부탁에 귀 기울여 주세요

사람들을 판단하려고 하지 말고
그저 이해하고 용서해주세요

헌신과 배려를 진정한 사랑이라고
내면에서 우러나오는 기쁨을 행복이라고 말했지만
그렇지 않은 사랑과 행복을 미워하지 마요

이기적인 마음을 피하고 외면하느라
한동안 저도 너무 외롭고 아팠거든요

그 마음을 미워하고 비난하기에 앞서
이해하고 용서해주세요. 자비심을 가져주세요

무언가를 기대하고 실망하기 보단
있는 그대로를 인정하고 받아들여주세요

진심으로 제 마음이 전해졌으면 좋겠어요

마지막 시

행복은 욕망분의 만족이란다
제군들아, 그러니 위로 달려라
밑으로 달리면 행복이 작아진다

이미, 밑으로 한없이 달려왔다면
아, 괜찮다. 이것은 그런 달리기가 아닌 비행이다
한 번에 날려 없애라 그리고 한 번에 감사해라

나중 된 자가 먼저 되고 먼저 된 자가 나중 된다고
마지막에 행복하면 그만 아닌가
그러니 칼과 창을 버리고 핏잔을 내려놓아라

왜 칼을 내려놓질 못하겠느냐
칼로 흥한 자 칼로 쇠하리
행복을 원한 것이 아니었느냐

사랑해라. 미친 듯이 사랑해라
적을 위해 기도하고 원수를 사랑해라
하늘나라는 네 마음속에 있느니라

한쪽 뺨을 맞으면 다른 쪽 뺨을 돌려대라
겉옷을 달라 하거든 속옷까지 던져주고
오 리를 함께해 달라 하거든 십 리를 가주어라

행복하기 위해 싸워라
불멸의 무기가 있나니 사랑이다
사랑은 칼 없는 무기이나 언제나 이긴다

행복에게도 장애물이 있어 버렸구나
그렇다면 그 장애물이 무엇이냐
불평과 불만이냐

장애물이 있다면
걸려 넘어지거나 뛰어넘어야겠구나
혹 넘어지더라도 감사해라 무조건 뛰어넘으리

감사하고 또 감사해라
무엇이 일어나든 그저 감사해라
끊임없이 감사하고 끊임없이 사랑해서

비로소 끊임없이 행복해버려라
그때에 나의 왕관을 온 세상에 뿌리리라
우리 모두가 이 세상의 왕이다

제군들아 나는 축복한다
아픔과 상처, 눈물과 시련 이 모든 것을 축복하나니
그것들로 인해 너희가 행복에 이를 것이다

이 시들은
마음을 돌아볼 틈조차 없이
바쁜 현대인들에게 짧은 시간
따뜻함을 느끼게 해주고 싶어 썼어요.

어때요?
조금 따뜻해지셨나요?
아니라고요?
아, 정말 가슴이 아픈데요?

한동안 아파 정체되었던
제 진심, 온 마음 담아 썼거든요.

공감을 위해 어려운 단어도,
딱딱한 어투도 쓰지 않았어요.
무엇보다 이 시를 읽으며
명심해주셨으면 하는 부분이 있어요.
최대한 양면을 담으려고 노력했거든요.

스스로가 지켜본 사람의 마음이라는 것이
'사람들은 이래야 한다'라는 말을 들으면,
남들이 그러지 않는 것에
상처받기도 하고, 미워하기도 하는
너무나도 연약하고 순수한 것이였거든요.

그래서 '이래 봐요'라고 한 뒤에
'그러지 않는다고 해서 미워하지 말아요'라고
쓴 거예요.

혹시 그 부분이 없어도 꼭 그렇게
읽어주셔야 해요! 아시겠죠?

그리고 저도 사랑 앞에 많이 부족하고 노력하는
한 사람으로서 이 시를 썼기에 부족한 점이 많아요.
그래서 제가 부족한 점 때문에
최대한 '우리'라고 표현하기 위해 노력했고요.
간혹 그러지 못한 부분, '당신'이라는 말이 있는데
'당신'에 스스로가 나를 너라고 하듯
저를 포함한 것이라고 생각해주셨으면 해요.

정말 따뜻하게 여기까지 읽어주셨다면
이 시를 통해 사람들을
오히려 판단하고 정죄하려 하지 마시고
이해하고 용서하는 그런 사랑으로
나아가셨으면 하는 바람이에요.

제 마음, 제 진심 꼭 전해졌으면 좋겠네요!

아니, 전해졌다고 믿고 또 확신할게요!

감사합니다.

다시,
지금의 지훈이가 올리는 말.

안녕하세요. 다시, 오늘의 지훈이에요(어색어색). 여러분께서 이 책을 읽으시듯 저 또한 독자의 맘으로 이 책을 함께 읽었어요. 이 책을 쓸 때의 저와 지금의 제가 과연 같은 사람이 맞을까, 하는 생각이 들 만큼 저는, 이 책을 쓸 당시의 제 마음을 잃고 세상의 많은 것들을 좇아오기도, 누군가를 미워하고 원망해오기도 했던 것 같아요. 그래서 많이 반성하게 되는 시간이었고, 또 어떤 구절 앞에서는 오래도록 머무르며 가슴 안에 그 문장을 새기게 되는 아름다운 시간이기도 했어요. 이 삶을 살아가며 가장 중요한 것은 바로 내가 행복한 사람이 되는 것인데, 저는 왜 그것을 놓쳐왔을까요. 내가 정말 행복하다면 이 세상에 무엇이 그렇게 중요할 수 있으며 또 나를 아프게도 슬프게도 만들 수 있을까요. 결국 내가 바라보는 지금의 이 세계는 내가 세상을 바라보는 시선을 반영하는 것일 뿐인 것을. 내 마음이 진실과 함께할 때 이 세계의 그 무엇도 나를 훼손시키거나 다치게 할 수 없음을.

결국에는 행복을 위해 절대 나를 행복하게 해줄 수 없는 것들을 좇고 또 그것에 집착하고 있는 나, 그리고 우리들…
저에게는 이 책을 쓴 작가로서 이 책에 담긴 글들에 온전히 책임을 다할 수 있도록 다시금 마음을 다잡게 되는 시간이었고, 또 제게 주어진 삶을 최선을 다해 진실하게 살아가고 사랑하겠노라고 다짐하는 시간이었어요. 이 책이 저의 처음이자, 또 저의 초심이니까요. 정말 많이 아팠던 저의 지난 시간들을 생각하며, 또 그 시간들을 통해 진정한 행복이 무엇인지 알게 되었던 그 순간들을 잊지 않으며 늘 이 세상을 살아가는 첫 번째 이유이자 목적이 나 자신의 성장과 행복에 있는, 그런 사람이 되기 위해서 늘 노력할 것을 여러분 앞에서 다시 한 번 다짐해 봅니다.

이 책을 읽고 저와 같이 삶에 대해 한 번 돌아보게 되신 분들은 저와 함께 다짐해요. 우리 영원히, 이 삶을 통해 내게 주어진

소명을 잊지 않겠다고, 내가 이 세상에 태어난 이유와 살아가는 목적을 절대 잊지 않겠다고. 바로, 마주하는 모든 순간들을 통해 배우고 성장하며 그로 인해 꼭 행복할 책임과 의무를요.

태어난 기적, 살아온 기적, 살아갈 기적이 이미 주어졌는데, 지금 살아서 숨을 쉬고 있는 것만으로도 이미 벅찬 기적인데 그것을 바라보지 못한 채 진실하지 않은 가치들을 좇아 스스로를 불행 속에 가두지 않기로 해요. 우리, 우리에게 주어지지 않은 것들을 바라고 추구하기보다 이미 우리에게 주어진 것들을 바라보고 그것에 감사하기로 해요.행복은 결국, 내가 가지고 있지 않은 것들을 원하는 것이 아니라 이미 내가 가지고 있는 것들을 원할 때 드러나는 것이니까요. 내가 이미 가지고 있는, 감사할 줄 아는 마음, 사랑할 줄 아는 마음, 용서할 줄 아는 마음과 같은 것들 말이에요!

이 책에서 말하고 있는 행복의 공식, 행복 = 만족/욕망, 이라는 것을 늘 가슴에 새겨둬요. 만족을 많이 할수록 행복이 커지고 욕망을 많이 할수록 행복이 줄어든다는 것을요. 그러니 지금 이 순간, 내게 주어진 모든 것들을 세어보고 감사해보면 어떨까요. 바로 지금 이 순간, 충분히 행복할 수 있는 우리이니까. 이미 지금도 벅차게 행복한 우리이니까.

모두, 용기를 잃지 말고 힘내요.

이 삶을 살아가며 마주하는 모든 순간들 앞에서 때로 아픔과 슬픔의 소용돌이가 나를 찾아와 내 마음을 헤집어 놓을 때에도, 지금 이 일을 통해 나는 성장해나갈 것이고, 그렇게 행복할 것임을, 그래서 사실 지금의 시련은 내가 꼭 지나가야만 했던, 나의 행복을 위해 꼭 마주해야만 했던 삶의 선물이라는 것을 잊지 말아요. 지금을 지나 언젠가 꼭 이렇게 말할 수 있는 날이 올 거예요. 그때 그 일을 지나지 않았다면 지금의 나는 결코 존재하지 않았을 거야, 그때 그 일을 지나며 더욱 성숙하고 행복한 마음과 시선을 지니게 되었으니, 지난 모든 순간들 중에 찬란하지 않은 순간은 단 한 번도, 정말 단 한 번도 없었구나, 하고 말이에요.

그러니까 정말,

용기를 잃지 말고 힘내요.

소중한 여러분의 소중한 매 순간들이 늘 꾸꾸이 소중하기를 진심 다해 바라고 소원하며, 이 책이 다시 나올 수 있도록 기다려주시고 응원해주신 독자 여러분들에게 끝으로 감사의 인사말을 전해요. 늘 정말 감사드리고 사랑합니다. 언제나 저를 기다려주고 응원해주시는 그 마음들에 앞으로도 보답해나가는, 그런 삶을 살아가고 그런 삶을 글에 담아내는 그런 작가가 되도록 늘 최선을 다해 노력해나갈게요.

정말 감사드려요(하트).

- 지금의 지훈이가 올림

용기를 잃지 말고
힘내요

1판 1쇄 발행 2018년 10월 08일
1판 4쇄 발행 2020년 12월 30일

지은이 | 김지훈

발행인 | 김지훈
기획편집 | 김지훈
책임디자인 | 김진영

발행처 | (주)진심의꽃한송이
주소 | (03707) 서울특별시 서대문구 연희로11가길 36, 1층 2호
대표전화 | 02-337-8235 | 팩스 | 02-336-8235
등록 | 2018년 8월 30일 제 2018-000066호

ISBN 979-11-964842-0-0